혈통

UN PEDIGREE
by Patrick Modiano

이 도서의 국립중앙도서관 출판시도서목록(CIP)은
e-CIP홈페이지(http://www.nl.go.kr/cip.php)에서 이용하실 수 있습니다.
(CIP제어번호 : CIP2008002055)

혈통

파트릭 모디아노 장편소설 | 김윤진 옮김

UN PEDIGREE
PATRICK
MODIANO

문학동네

1945년 7월 30일, 불로뉴비양쿠르의 마르그리트 가 11번지, 나치 점령하의 파리에서 서로 알게 된 유대인 남자와 플랑드르 출신 여자 사이에서 나는 태어났다. 그저 당시의 신분증에 그렇게 쓰여 있었기 때문에, 나는 그 단어가 아버지에게 진정 무슨 의미를 띠고 있는지도 모른 채 유대인이라고 쓴다. 극도의 혼란기는 종종 무모한 만남들을 야기하는 법이라, 나는 내가 적자(嫡子), 더 나아가 상속자라고 느껴본 적은 전혀 없다.

내 어머니는 1918년 앙베르에서 태어났다. 어머니는 키엘과 호보켄 사이에 있는 그 도시 변두리에서 유년시절을 보냈다. 어머니의 아버지는 처음에는 노동자였다가, 나중에 측량기사의 보조로 일했다. 어머니의 외할아버지인 루이 보가에르는 항만노동자였다. 그는 콩스탕탱 뫼니에가 만들어 현재 앙베르 시청 앞에 서 있는 항만노동자 동상의 모델이기도 했다. 미시간 호, 엘리자베트빌 호, 산타안나 호 등 자신이 하역작업을 한 모든 선박을 기록해둔 그의 1913년도 급여 장부를 나는 아직 간직하고 있다. 그는 예순다섯쯤에 작업 도중 추락사했다.

당시 어린 소녀였던 어머니는 붉은매[1]에 가입한다. 그리고 가스 회사에서 일을 하며, 저녁이면 극예술 강의를 듣는다. 1938년 어머니는 영화감독이자 제작자인 얀 반데르헤이덴에게 스카우트되어 플랑드르 풍 코미디에 출연한다. 1938년부터 1941년까지 어머니는 네 편의 영화에 출연했다. 그리고 앙베르와 브뤼셀의 뮤직홀에서 열리는 버라이어티쇼에서 무희로 일하기도 했는데, 그 무희들과 예술가들 중에는 독일에서 피난 온 사람들이 많이 있었다. 앙베르에서 살 때, 어머니는 호렌슈트라트 가에 면한 조그만 집에서 두 명의 남자친구들과 함께 지냈다. 한 사람은

1. 1928년 창립, 사회주의적 이념에 바탕을 두고 5세~13세 사이의 소년소녀를 대상으로 한 단체.

댄서인 요피 반 알렌이었고, 또 한 사람은 부유한 호모인 장 L. 남작의 비서 겸 남자를 대주는 역할을 하다가 1940년 5월 오스텐데 폭격 때 사망한 레옹 레망스였다. 어머니의 가장 절친했던 친구는 젊은 장식예술가인 론 랑도로, 어머니는 1942년 브뤼셀에서 가슴에 노란 별을 단 그와 재회하게 된다.

별다른 기준이 없는 관계로 나는 시간순으로 되짚어보고자 한다. 1940년 벨기에가 점령된 이후 어머니는 브뤼셀에서 산다. 그리고 스무 살 때, 캔터베리 호텔을 운영하고 있던 조르주 니엘스라는 사내와 약혼한다. 그 호텔 레스토랑의 일부는 프로파간다-슈타펠[2] 장교들에게 징용된 상태였다. 어머니는 캔터베리 호텔에 거주하며 다양한 사람들을 만나게 된다. 그 사람들에 대해서는 나도 아는 바가 전혀 없다. 어머니는 플랑드르 라디오 방송에서 일한다. 또 헨트 극장과도 전속 계약이 되어 있다. 1941년 6월, 순회공연에 나선 어머니는 대서양과 영불해협의 항구에서는 토트 조직[3]에서 일하는 플랑드르 출신 노동자들을 대

2. 선전부대.

3. 독일의 군수공업 조직.

상으로, 그리고 좀 더 북쪽의 하즈부르크에서는 독일 비행사들을 대상으로 공연을 한다.

어머니는 예쁘기는 했지만 무뚝뚝한 처녀였다. 약혼자는 차우차우[4] 한 마리를 선물했지만, 어머니는 개를 돌보지 않고 다른 사람들에게 자주 맡기곤 했다. 마치 나중에 나한테도 그랬듯. 차우차우는 창밖으로 몸을 던져 자살해 버렸다. 고백건대, 남아 있는 사진 두세 장에서 본 그 개가 한없이 내 마음에 와 닿고 동병상련의 느낌이 든다.

조르주 니엘스의 부모는 브뤼셀의 부유한 호텔업자로, 자기 아들이 내 어머니와 결혼하는 것을 원치 않는다. 그래서 어머니는 벨기에를 떠나기로 작정한다. 독일인들은 어머니를 베를린의 영화 학교에 보낼 생각이었지만, 캔터베리 호텔에서 알게 된 프로파간다-슈타펠의 한 젊은 장교가 어머니를 알프레드 그르방이 운영하던 파리의 콘티넨털 영화사로 보내주는 덕분에 수렁에서 발을 뺄 수 있게 된다.

1942년 6월, 어머니는 파리에 도착한다. 그르방은 비양쿠르에 있는 스튜디오에서 어머니에게 오디션을 잠깐 거

---

4. 중국산 개의 일종.

치게 하지만 그걸로 확정된 것은 아니다. 어머니는 콘티넨털 영화사에서 더빙 작업을 하고 그 영화사에서 제작한 프랑스 영화들의 네덜란드어 자막을 작성한다. 어머니는 그르방의 조수 중 하나인 오렐 비숍과 사귄다.

파리에서 어머니는 브뤼셀의 골동품상과 그 친구인 장 드 B.가 세를 얻은 케 드 콩티 15번지의 아파트 방 하나를 세 얻어 산다. 어머니와 누이들이 푸아투 지방 오지의 성에서 사는 장 드 B.는 젊은 나이로 추측되는데, 콕토에게 열렬히 비밀 연서들을 써 보낸다. 장 드 B.가 다리를 놓아 내 어머니는 행정관서에서 붙박이로 일하는 클라우스 발랑티네라는 젊은 독일인을 만난다. 그 사람은 볼테르 가의 아틀리에에서 생활하며, 한가한 시간이면 이블린 워의 최근작 소설들을 읽는다. 나중에 그는 러시아 전선으로 파견되어 거기서 전사한다.

케 드 콩티의 아파트를 드나들던 다른 사람들로는 조르주 디스마일로프라는 젊은 러시아 사람이 있는데, 폐결핵을 앓으면서도 나치 치하의 추운 겨울에 외투도 입지 않고 나다니곤 했다. 또 크리스토스 벨로스라는 그리스인도 있다. 그는 미국에서 친구를 만나기로 되어 있었지만 미국행 마지막 여객선을 놓치고 말았다. 또 동갑내기 처녀인 즈느비에브 보두아예가 있다. 그들에 관해서는 이름밖에 남은 것이 없다. 내 어머니를 집으로 초대하는 최초의 프랑스 중산층 가정이 바로 즈느비에브 보두아예와 그녀의 아버지 장 루이 보두아예다. 즈느비에브 보두아예는 케 드 콩티 15번지 이웃집에 사는 아를레티를 어머니에게 소개해준다. 아를레티는 어머니를 보살펴준다.

이 모든 인명들과 뒤에 나올 다른 인명들에 대해 독자들의 용서를 바란다. 나는 혈통 있는 척하는 한 마리의 개다. 내 어머니와 아버지는 어떤 뚜렷한 계층에 속하지 않는다. 너무나 파란만장하고 불확실해서 마치 반쯤 지워진 글자들로 신분증명서나 행정서식을 채우려 애쓰는 것처럼, 나는 이 흐르는 모래 속에서 몇 가지 흔적이나 몇 가지 표지를 찾으려 노력해야 한다.

내 아버지는 1912년 파리의 9구와 10구 경계에 있는 페트렐 스퀘어에서 태어났다. 아버지의 아버지는 살로니카 태생으로 오토만 제국에 정착한 토스카나 유대인 가문에 속했다. 런던, 알렉산드리아, 밀라노, 부다페스트에는 할아버지의 사촌들이 살고 있었다. 아버지의 네 명의 사촌 중 카를로, 그라지아, 자코모 그리고 그 아내 메리는 1943년 9월 이탈리아 아로나의 마조레 호숫가에서 나치 친위대에 의해 학살된다. 할아버지는 어린 시절에 살로니카를 떠나 알렉산드리아로 갔다. 그러나 몇 년 후 다시 베네수엘라로 떠났다. 나는 할아버지가 자신의 출신과 가문과의 연(緣)을 끊어버렸다고 생각한다. 마르가리타 섬에서 그는 진주 매매에 관심을 가졌고 나중에는 카라카스에서 상점을 운영하기도 했다. 베네수엘라를 떠난 그는 1903년 파리에 정착했고, 샤토덩 가 5번지에 골동품 상점을 열어 중국과 일본의 예술품을 팔았다. 그는 스페인 여권을 가지고 있었고, 조상들이 '토스카나 공국 백성'의 신분으로 프랑스, 영국, 오스트리아 영사관의 보호를 받은 반면, 그는 죽을 때까지 파리에 있는 스페인 영사관에 등록이 되어 있었다. 나는 할아버지의 여권 여러 개를 간직했는데, 그 중 하나는 알렉산드리아에 있는 스페인 영사관에서 발행한 것이었다. 또 다른 신분증 하나는 1894년 카라카스에서 발급된 것으로 할아버지가 동물보호협회 회원이라는 것을 입증하는 것이었다. 내 할머니는 파드칼레에서 태어났다. 할머니의 아버지는 1916년 노팅엄 변두리에서 살고 있었다. 하지만 할머니는 결혼 후 스페인 국적을 취득하게 된다.

내 아버지는 네 살 때 아버지를 잃었다. 아버지는 오트빌 시 10구에서 유년시절을 보냈다. 샵탈 학교에 기숙생으로 있었는데, 아버지 말로는 토요일과 일요일에도 기숙사에서 지냈다고 한다. 그리고 바티뇰 대로의 광장에서 벌어지는 마을 축제의 음악소리를 기숙사에서 듣곤 했다고 한다. 아버지는 바칼로레아[5]에 합격하지 못한다. 청소년기와 청년기를 그는 외톨이로 지낸다. 열여섯 살 때부터 그는 친구들과 보이-라파예트 호텔과 몽마르트르의 술집 카데와 루나 파크 등을 자주 출입한다. 그의 이름은 알베르토이지만 사람들은 그를 알도라고 부른다. 열여덟 살 때, 그는 불법으로 파리 시의 관문인 세관들을 넘나들며 유류 밀매에 뛰어든다. 열아홉 살 때에는 대단한 설득력을 발휘해 생팔 은행장에게 자신의 '재정'을 지원해줄 것을 요청하여 결국 대출을 얻어낸다. 그렇지만 사업은 잘 되지 않는다. 왜냐하면 아버지가 미성년자여서 법률적 문제가 있었기 때문이다. 스물네 살 때 그는 몽테뉴 가 33번지에 방을 하나 얻는데, 내가 간직한 몇몇 기록들에 따르면 브라비스코라는 유한회사 설립을 위해 종종 런던을 방문한다. 아버지의 어머니는 1937년 아버지가 동생 랄프와 함께 잠

5. 대입 자격고사 시험.

시 머문 적이 있던 로케핀 가의 하숙집에서 세상을 뜬다. 그러고 나서 아버지는 생라자르 역 부근의 테르미누스 호텔 방 하나를 차지하고 있다가 방 값도 지불하지 않고 그곳을 떠났다. 전쟁 발발 직전, 그는 말레르브 대로 71번지에서 스타킹과 향수를 파는 가게를 운영했다. 당시에 그는 프레데릭바스티아 가(8구)에 살았던 것 같다.

간신히 기반을 잡은 그가 대번에 수완을 발휘하기 시작할 무렵, 전쟁이 발발한다. 1940년, 그는 사람을 시켜 퐁티외 가 24번지에 있는 빅토르에마뉘엘 III 호텔로 우편물을 보냈다. 1940년, 앙굴렘에서 포병 연대의 자원병으로 근무하던 그가 동생 랄프에게 보낸 편지에서 두 사람이 전당포에 맡긴 샹들리에에 대해 언급하고 있다. 또 다른 편지에서는 앙굴렘으로 『석유 소식』이라는 잡지를 보내줄 것을 요청한다. 1937~1939년 동안 그는 앙리케라는 사람과 함께 루마니아 산 석유를 전문으로 취급하는 루아얄리 외라는 회사를 차려 석유 '사업'을 했다.

1940년 6월 휴전[6]이 되었을 때 그는 앙굴렘 병영에 머

6. 2차 대전 중 프랑스-독일의 휴전. 이 협정으로 프랑스는 독일군에 점령된다.

물고 있었다. 독일군들이 앙굴렘에 들어온 것은 휴전협정 조인 이후의 일이기 때문에, 그는 다른 많은 포로들과 함께 끌려가는 신세를 면했다. 사블돌론느로 피신한 그는 9월까지 그곳에 머문다. 거기서 그는 친구인 앙리 라그루아, 그리고 각자의 여자친구인 수잔, 타바랭의 무용수 지젤 올리히와 재회한다.

파리로 돌아온 그는 유대인 집계에서 누락된다. 그는 동생 랄프와 함께 동생의 여자친구로 영국 여권을 소지하고 있던 모리셔스 섬 출신 여자의 집에서 산다. 그 아파트는 게슈타포 부대 옆인 소세 가 5번지에 있었다. 모리셔스 섬 출신의 그 여자는 영국 여권 때문에 매주 경찰서에 출두해야 했다. 그녀는 '영국인' 이라는 이유로 몇 달 동안 브장송과 비텔에 감금당하기도 한다. 아버지에게는 독일계 유대인으로 베를린에서 빌리 와일더와 약혼한 적이 있던 엘라 H.라는 여자친구가 있었다. 두 사람은 1942년 2월 어느 날 밤 마리냥 가에 있는 한 레스토랑에서 일제단속에 걸린다. 저녁 여덟시 이후에는 유대인들이 거리와 공공장소에 나다니는 것을 금지하는 지시가 막 내려진 터라, 그 달에 빈번하게 실시하던 신분증 검사에 걸린 것이다. 두 사람 수중에는 어떠한 신분 증명 서류도 없다. 그래서 단속반원들에 의해 호송차량에 태워지고, '확인'을 위해 그레펄 가에 있는 슈베블린이라는 경찰서로 이송된다. 아버지는 자신의 신분을 밝혀야만 한다. 경찰이 그를 여자친구와 갈라놓는데, 수용소로 이송하려는 순간 잠시 정전이 되는 틈을 타 아버지는 탈출에 성공한다. 아버지 친구가 중재를 했는지 모르지만, 엘라 H.도 다음날 수용소에서 석방된다. 그 친구가 누구일까? 종종 궁금해하곤 했다. 도망친 후 아버지는 마튀랭 가의 어떤 아파트 계단 아래에 숨어서 관리인의 눈길을 피한다. 관제등화가 시행되었기 때문에 아버지는 그곳에서 밤을 지새운다. 아침이 되자 그는 소세 가 5번지로 돌아온다. 그런 후, 아버지는 모리셔스섬 출신 여자, 동생 랄프와 함께 브르퇴이 가의 알시옹 호텔로 피신하는데, 그 호텔의 주인은 그들 친구의 어머니이다. 나중에 아버지는 샤젤 가의 빌라레드주아예즈와 오마로니에 광장에 가구 딸린 집을 얻어 엘라 H.와 동거한다.

아버지가 그 당시 자주 만났던 사람들 중 내가 확인한 사람들로는 앙리 라그루아, 사샤 고르딘, 프레디 맥보이가 있다. 프레디 맥보이는 호주 봅슬레이 챔피언이자 자동차 경주 선수로서, 전쟁이 끝난 후 아버지는 그와 함께 샹젤리제에서 '사무실'을 공동 운영했는데, 그 회사 이름은 찾아낼 수 없었다. 그 외에도 장 코포린데(퐁프 가 189번지), 게자 펠몽, 토디 베르너('마담 사위크'라고 자칭한) 그리고 그 여자친구 에시앙(리즐로트), 러시아 여자로 작가 쿠프린의 딸인 키사 쿠프린이 있다. 그녀는 몇 편의 영화와 로제 비트락의 연극 〈먼 바다의 여인들〉에 출연한 바 있다. 일명 나르뒤스라 불리는 플로리 프랑켄은 네덜란드 화가의 딸로, 어린시절과 청소년기를 튀니지에서 보냈는데, 아버지는 그녀를 '플로'라고 불렀다. 그녀는 그후 파리로 와 몽파르나스를 자주 들락거렸다. 1938년, 그녀는 치정 사건에 연루되어 경범 재판소에 출두해야 했으며, 1940년에 일본 배우 셋스에 하야카와와 결혼했다. 독일 점령 치하에서 그녀는 〈라탈랑트〉[7]의 여주인공 디타 파를로와 교류했으며, 디타 파를로의 연인으로 아돌프이봉 가 6번지(16구)에 위치한 암시장 물품 구매 사무소 중 가장 규모가 큰 '오토' 서비스의 경영자 중 하나인 닥터 푸치와 친분이 있었다.

내 아버지가 살아온 세계는 대충 이랬다. 사교계일까? 수준 높은 깡패 집단일까? 망각의 차가운 밤으로 사라져

---

7. 장 비고 감독의 1934년 작 영화.

버리기 전에, 나는 당시 아버지의 여자친구였던 또 한 명의 러시아 여인 갈리나, 일명 '게이' 오를로프에 대해 언급하고자 한다. 그녀는 아주 어렸을 적에 미국으로 이주했다. 스무 살 때 그녀는 플로리다의 버라이어티쇼에서 춤을 추고 있다가, 거기서 매우 감성적이고 무척이나 예의 바른 갈색 머리의 키 작은 남자를 만나 그의 애인이 되었다. 그 남자의 이름은 럭키 루치아노인가 그랬다. 파리로 돌아온 그녀는 모델로 일했고 프랑스 국적을 얻기 위해 결혼했다. 독일 점령 초기에 그녀는 '공사관 서기'로 있던 칠레인 페드로 에자기레라는 사람과 살았다가, 그후 시르크 가에 있는 샤토브리앙 호텔에서 혼자 살았는데, 내 아버지는 그녀를 만나러 종종 그곳에 가곤 했다. 내가 태어난 지 몇 달 후 그녀는 내게 털로 만든 곰 인형 하나를 주었는데, 나는 그걸 부적이자 사라진 어머니에 대한 단 하나 남은 추억처럼 오랫동안 간직했었다. 그녀는 1948년 2월 서른넷의 나이로 자살했다. 그리고 생트즈느비에브데부아에 묻혔다.

이 목록을 작성하고, 또 텅 빈 아파트에서 전화를 해감에 따라 머리가 핑핑 돌고 숨이 점점 가빠온다. 묘한 사람들이다. 개와 늑대의 중간쯤에 위치한 묘한 시대다. 그리고 내 부모님은 그 시대에, 자신들과 닮은 사람들 가운데

서 서로 만났다. 무방비 도시 한복판에 날아든 무사태평한 두 마리 길 잃은 나비. 무방비 도시.[8] 내가 할 수 있는 것은 아무것도 없다. 내가 태어난 곳은 썩은 흙더미—혹은 퇴비더미—이다. 그들의 삶에서 내가 그러모을 수 있던 파편들, 그 대부분은 어머니에게서 얻은 것들이다. 아버지에 관한 많은 세세한 사항들, 아버지가 이것저것 닥치는 대로 일을 하던 암시장, 그 비밀에 싸인 혼돈스런 세계를 어머니는 알지 못했다. 그녀는 거의 아무것도 몰랐다. 그런 데다 아버지는 자신의 비밀은 다 안고 저세상으로 가버렸다.

두 사람은 1942년 10월의 어느 날 저녁, 16구의 쉐퍼 가 28번지에 있던 일명 '마담 사위크'라 불리는 토디 베르너의 집에서 만난다. 아버지는 자기 친구인 앙리 라그루아의 이름으로 된 신분증을 사용한다. 내가 어렸을 적, 관리실 유리문의 콩티 가 15번지 '5층' 임대인 리스트에는 '앙리 라그루아'라는 이름이 나치 점령 이후부터 쭉 올라가 있었다. 나는 관리인에게 그 '앙리 라그루아'라는 사람이 누구냐고 물어본 적이 있었다. 그는 대답했다. 네 아버지란

---

8. Die Stadt ohne Blick, 로베르토 로셀리니 감독의 1946년 영화(원제는 Roma Citta Aperta)로 나치 치하의 이탈리아 저항 운동을 다루었다.

다. 아버지의 이중 신분에 나는 충격을 받았다. 한참 후에야 아버지가 그 시절에 몇몇 다른 이름을 사용했다는 사실을 알게 되었는데, 전쟁이 끝난 얼마 후 어떤 사람들의 회고담 속에 그런 이름들이 나오면 아버지 얼굴이 떠오르곤 했다. 그러나 이름이란 결국 그 이름을 지닌 보잘것없는 사람들에게서 떨어져나가, 마치 아득히 멀리 떨어진 별들처럼 우리의 상상 속에서 빛나는 법이다. 어머니는 아버지를 장 드 B.와 그 친구들에게 소개한다. 그들은 아버지가 '괴짜 남아메리카인 분위기'를 풍긴다는 걸 알고 점잖게 내 어머니에게 '믿지 말라'고 충고한다. 어머니는 그 말을 아버지에게 고스란히 옮기고, 아버지는 농담 삼아 다음번에는 더 '괴짜' 행세를 해서 '그 사람들을 더 겁먹게 해야겠노라' 말한다.

아버지는 남아메리카인은 아니지만, 합법적인 직업 없이 암시장에서 먹고산다. 어머니는 리도의 아케이드를 따라 수없이 늘어선 승강기를 타야만 접근할 수 있는 가게 중 한 가게로 아버지를 찾아가곤 했다. 아버지는 항상 몇 사람과 함께 있었는데, 나는 그 사람들 이름은 모른다. 아버지는 특히 전쟁 전에 알게 된 아르메니아인 형제 알렉산드르와 이반 S.가 운영하는 오슈 가 53번지의 '구매소'와

연줄이 있다. 다른 여러 물건 중에서도 아버지가 그들에게 트럭째로 넘기는 것은 SKF 회사의 오래 묵은 재고품인 구식 베어링으로, 사용할 수도 없는 그 베어링들은 생투앙의 화물창고에 무더기로 쌓여 녹슬어갈 것들이었다. 조사하던 중 우연히 나는 오슈 가 53번지에서 일하던 몇몇 사람들의 이름을 알게 되었다. 볼프 남작, 단테 바누치, 닥터 패트, '알베르토'가 바로 그 이름들인데, 나는 별다른 이유 없이 혹시 그 이름들이 아버지가 쓰던 가명이 아니었나 생각했다. 오슈 가에 있던 그 구매소에서 아버지는 앙드레 가비종이란 사람을 만나는데, 그 사무실 소유주인 가비종에 대해서는 종종 어머니에게 이야기하기도 한다. 나는 1945년에 작성된 독일 특수임무 수행자 리스트를 수중에 넣게 되었는데, 거기에는 그 사람에 대해 다음과 같은 주석이 달려 있었다. '가비종(앙드레). 국적 이탈리아, 1907년 생. 상인. 여권번호 13755, 42년 11월 18일 파리에서 발급된 여권에는 튀니지 사업가로 나와 있음. 1940년부터 리시르(오슈 가 53번지 구매소)의 공동경영자. 1942년 리시르 현지 파견 직원으로 생세바스티앙에 체류. 1944년 4월, SD[9]의 라도스라는 사람의 지시를 받아 일하면서 앙다예와 파리 사이를 빈번하게 오감. 1944년 8월에는 SD의

제8지부 소속으로 마르틴 메이월드의 지시를 받음. 주소: 마드리드 호르헤 후안 가 17번지(전화번호 : 50.222).'

나치 치하에서 아버지가 친분을 맺었던 다른 사람들은 적어도 내가 아는 한에서는 다음과 같다. 이탈리아 은행가인 조르주 조르지니 시프와 그의 연인 시몬. 시몬은 나중에 물랭루즈의 소유주인 피에르 푸크레와 결혼한다. 조르지니 시프의 사무실은 팡티에브르 가 4번지에 있었다. 아버지는 그에게서 '남십자성'이라고 하는 아주 큼직한 핑크 다이아몬드를 샀는데, 전쟁이 끝난 후 수중에 돈이 한 푼도 없어서 그것을 팔고자 한다. 조르지니 시프는 1943년 9월 이탈리아 휴전협정 이후 독일군에게 체포된다. 나치 치하에서 그는 우리 부모에게 독일 대사관의 경제 고문인 칼 게스트너 박사를 소개해주었다. 칼 게스트너의 애인인 시빌은 유대인이었는데, 전쟁 후 동베를린에서 '중요인물'이 된 듯하다. 그리고 전직 변호사이자 1944년 비외콜롱비에 극장장을 맡았던 안네 바델이 있다. 아버지는 그와 그의 사위인 조르주 비카르와 함께 암시장 일을 했다. 바델은 내 어머니에게 1944년 5월 자신이 비외콜롱비에

9. 나치 친위대의 특수 예하부대인 보안대를 지칭한다.

무대에 올릴 사르트르의 「출구 없는 방」 1부를 보내주었는데, 대본의 원래 제목은 「타인들」로 되어 있었다. 「타인들」의 그 타자본은 내가 열다섯 살이었을 때까지만 해도 콩티 가 5번지 6층에 있는 내 방 벽장 바닥에 굴러다니고 있었다. 바델은 콘티넨털 영화사 일로 아직도 내 어머니가 독일인들과 접촉하고 있으리라 생각했고, 그렇게 해서 어머니의 중재로 좀 더 빨리 그 극의 검열 허가를 얻어낼 수 있으리라 생각했던 것이다.

아버지와 가까웠던 또 다른 사람들로는 볼테르 강변로의 골동품상인 앙드레 카무앵과 '작위가 강등된' 러시아 귀족의 딸 마리아 체르니체프가 있다. 아버지는 그녀와 암시장의 굵직한 건수들에 함께 끼어들곤 했다. 그리고 자잘한 건수들은 'M. 푸케'라는 사람과 함께 했다. 그 푸케라는 사람은 렌 가에 상점이 있었고 파리 교외의 별장에서 살았다.

눈을 감으니, 가장 깊숙한 과거로부터 둔중한 발걸음으로 뤼시앵 P.가 걸어나온다. 나는 그의 직업이 사람들을 서로 소개시켜주는 중개자라고 생각한다. 그는 매우 뚱뚱했는데, 난 어렸을 적 그가 의자에 앉을 때마다 혹시나 체중 때문에 의자가 부서지지 않을까 걱정하곤 했다. 아버지와 뤼시앵 P., 두 사람이 젊었을 적 뤼시앵 P.는 여배우 시몬 시몽에 푹 빠져 있었고, 뚱뚱한 북슬강아지처럼 그녀를 따라다녔다. 또한 그는 실비안 캥프와 친구였는데, 실비안은 당구 챔피언이자 모험가였고, 독일 점령 치하에서 아랑테스 후작부인이기도 했으며, 로리스톤 거리 밴드 멤버의 정부이기도 했다. 그 사람들에 관해 길게 이야기를 늘어놓는 것은 불가능하다. 기껏해야 역의 대합실을 가로질러 가는 수상쩍은 여행자들인 그들에게 설령 목적지가 있다손쳐도 나로선 도저히 알 수가 없다. 이 유령들의 목록을 끝맺자면 혹시 쌍둥이일지도 모르는 두 형제, 이반과 알렉산드르 S.를 거론해야 할 것이다. 알렉산드르 S.에게는 인카라는 애인이 있었는데, 핀란드 무희였다. 그들은 분명 암시장의 대부들이었음에 틀림없다. 왜냐하면 독일 치하에서 그들은 자신들이 '처음으로 백만장자가 된 것'을 기념하는 파티를 이반 S.가 살던 폴두메 가 1번지의 주택단지 아파트에서 벌였기 때문이다. 이반 S.는 해방이 되자 앙드레 가비종처럼 스페인으로 도피했다. 그러면 알렉산드르 S.는 어떻게 되었을까? 궁금하다. 하지만 궁금해할 필요가 있을까? 나는 '붉은 벽보'[10]에 얼굴이 나온 사람들 때문에 가슴이 뛴다.

장 드 B.와 브뤼셀의 골동품상은 1943년 초 케 드 콩티에 있는 아파트를 비우고, 우리 부모님이 그곳에 정착한다. 내가 이 모든 일에 완전히 진절머리가 나고 용기와 기력이 달리기 전까지 찾아낸, 오래전이긴 하지만 혼란한 현재 속에서 있는 그대로 살았던 그 시절 부모님 삶의 몇몇 편린은 이런 것들이다.

두 사람은 앙리 라그루아와 그의 연인 드니즈와 함께 가끔 아블리스에 있는 브레오 성으로 피신하곤 했다. 브레오 성은 버려진 성이었다. 원래는 미국인들 소유였는데, 그들은 전쟁 때문에 프랑스를 떠나야 했고 그래서 두 사람에게 열쇠를 맡긴 것이다. 시골에서 어머니는 라그루아와 함께 그의 BSA 500cc 오토바이를 타곤 했다. 어머니는 1943년 7월과 8월을 아버지와 함께 바렌생틸레르의 여인숙에서 지낸다. 프티 리츠라는 여인숙. 조르지니 시프, 시몬, 게스트너 그리고 그의 연인 시빌이 그들을 만나러 그곳으로 온다. 마른 강에서의 수영. 그 여인숙은 몇몇 부랑자들과 그들의 '여자'들이 자주 드나드는 곳인데, 그중에는 '디디'

10. 1944년 봄, 점령 치하의 프랑스에서 비시 정부와 독일 당국이 레지스탕스 단체를 비난하기 위해 배포한 정치선전 포스터.

라는 자와 그의 동행 '마담 디디'가 있다. 남자들은 알 수 없는 일들을 처리하러 아침이면 차를 타고 떠나 아주 늦게 파리에서 돌아온다. 어느 날 밤, 우리 부모는 윗방에서 싸움이 벌어지는 소리를 듣는다. 여자가 남자를 '더러운 겁쟁이'로 취급하고, 그런 돈을 벌어왔다고 비난하면서 창밖으로 돈다발을 집어던진다. 가짜 경찰일까? 게슈타포의 하수인들일까? 내 부모님이 그 집에서 서로 알게 된 '마담 사위크'라는 별명의 토디 베르너는 1943년 초 일제단속을 빠져나간다. 그녀는 자기 아파트 창문으로 뛰어내리다 부상당한다. 실제로 경찰이 쫓던 사람은 유대인 문제 전담 총국의 신원 담당부서에서 '조사 통제' 부서장에게 보낸 편지에 나타난 바와 같이 사샤 고르딘이라는 사람으로, 아버지의 가장 오래된 친구 중 하나다. "1944년 4월 6일. 언급한 참조 문서를 통해, 1941년 6월 2일자 법률 위반 혐의로 유대인 사샤 고르딘의 긴급 체포를 귀하에게 요구한 바 있었습니다. 그 문서의 후속 조치로 귀하는 우리에게 그자가 새로운 거주지 주소를 신고하지 않은 채 주거지를 벗어났음을 알렸습니다. 그런데 최근 그자가 자전거를 타고 파리의 거리를 배회하는 모습이 목격되었습니다. 그러므로 지난 1월 25일자 문서의 후속 조치를 위해 다시 한 번 그의 거주지를 방문하여주시면 감사하겠습니다."

딱 한 번 아버지가 그 시절을 떠올렸던 적이 있음이 기억난다. 우리 둘이 샹젤리제에 살던 어느 날 저녁이었다. 아버지는 내게 마리냥 가 끄트머리를 가리키며, 1942년 2월 그곳에서 차에 태워졌다고 했었다. 그리고 '누군가'의 고발에 의해 1943년 겨울 두번째로 체포당한 이야기를 해주었다. 아버지는 수용소로 끌려갔는데, '누군가'가 석방시켜줬다고 했다. 그날 저녁, 아버지는 내게 뭔가를 털어놓고는 싶은데 말이 잘 생각나지 않는 것 같았다. 아버지는 그저 호송차가 여기저기 경찰서들을 전전하다가 결국 수용소로 향했다고 했을 뿐이다. 그중 한 곳에서 정차했을 때, 한 아가씨가 타서 아버지의 앞자리에 앉았다고 했는데, 한참 나중에서야 내가 그 흔적을 되찾아보려 했지만, 그때가 1942년 저녁이었는지 1943년 저녁이었는지도 모른 채 헛수고로 끝나고 말았다.

1944년 봄, 아버지는 케 드 콩티에서 익명의 전화를 받는다. 어떤 목소리가 아버지의 본명을 대며 아버지를 부른다. 아버지가 없던 어느 날 오후, 두 명의 프랑스 형사가 초인종을 누르며, '모디아노 씨'를 찾는다. 어머니는 그들에게 자신은 그저 독일계 회사인 콘티넨털 영화사에서 일하는 벨기에 아가씨일 뿐이라고 밝힌다. 그리고 앙리 라그루아라는 사람의 아파트 방 하나를 세 얻어 살고 있기 때문에 알려줄 만한 것이 없다고 한다. 그들은 어머니에게 다시 오겠노라고 말한다. 아버지는 그들을 피하기 위해 케드 콩티 가의 집을 비운다. 내 추측으로는 그들은 슈베블린이 이끄는 유대인 문제 전담 경찰관들이 아니라 사샤 고르딘의 경우와 마찬가지로 '조사 통제' 반 사람들일 것이다. 아니면 파리 경찰청장 페르미외[11]의 부하들이거나. 나중에 그 사람들의 이름에 얼굴을 대입해보려고 했지만, 그들은 언제나 썩은 가죽 냄새와 함께 어둠 속에 묻혀 있었다.

우리 부모는 가능한 한 빨리 파리를 떠나기로 결정한다. 어머니가 B.의 집에서 알게 된 그리스인인 크리스토스 벨로스에게는 시농 가까이의 개인 소유지에 살고 있는 여자친구가 있다. 세 사람 모두 그녀의 집으로 피신한다. 어머니는 좀 더 멀리 도피할 경우를 대비해서 겨울 스포츠 옷들을 가져간다. 그들은 투렌 지방에 있는 그 집에서 해방

11. 유대인 탄압의 주범 중 하나로 유대인 사건 특별 담당부서인 사법 경찰의 수장.

이 될 때까지 숨어 지내다가 미국 군대의 물결에 합류하여 자전거를 타고 파리로 돌아오게 된다.

1944년 9월 초, 파리로 돌아온 아버지는 또다시 경찰이 해명을 요구할까 두려워서가 아니라 이번에는 암시장에서의 위법 행위 때문에 곧바로 케 드 콩티로 돌아가지 않는다. 우리 부모는 브르퇴이 가와 뒤켄 가 모퉁이에 있는 한 호텔에서 생활한다. 그곳은 아버지가 1942년에 이미 피신처로 삼았던 곳이다. 아버지는 사태가 어떻게 돌아가고 있는지 알기 위해 어머니를 척후병으로 케 드 콩티에 보낸다. 어머니는 경찰에 연행되어 오랫동안 심문을 받는다. 어머니는 외국인인데, 경찰은 그녀가 왜 1942년에 독일인의 비호 하에 파리에 오게 되었는지 정확한 이유를 대라고 한다. 어머니는 자신이 유대인의 약혼녀로서 이 년 전부터 동거하고 있다고 설명한다. 어머니를 심문한 경찰관들은 아마도 그보다 몇 달 전 아버지의 본명을 대며 체포하려 했던 자들의 동료였을 것이다. 아니면 바로 그자들이었는지도. 그들은 이제 여러 가명을 사용하는 아버지를 찾아야 하지만 신원 확인에 성공하지 못한다.

그들은 어머니를 풀어준다. 그날 밤, 그들이 묵던 호텔 창문 아래로 브르퇴이 가의 도로변을 따라 여자들이 미군

병사들과 산책을 하고, 여자들 중 한 명은 어떤 미군에게 몇 달이나 미군을 기다렸다는 이야기를 늘어놓는다. 그녀는 손가락을 꼽는다. "원, 투……" 그러나 미군 병사는 이해하지 못하고 자신도 손가락을 꼽으며 그녀 흉내를 낸다. 원, 투, 쓰리, 포…… 셈은 계속된다. 몇 주 후, 아버지는 브르퇴이의 알시옹 호텔을 떠난다. 케 드 콩티로 돌아온 아버지는 뇌이의 정비소에 숨겨둔 자신의 포드 승용차가 6월에 친독의용대에 징발되었고, 차체에 총알구멍이 숭숭 뚫려 수사를 하기 위해 경찰이 보관하고 있는 그 포드 승용차에서 조르주 망델[12]이 피살되었음을 알게 된다.

12. 본명 루이 조르주 로칠드, 프랑스의 정치가이자 레지스탕스. 1944년 7월 7일 퐁텐블로 숲에서 피살되었다.

1945년 8월 2일, 아버지는 자전거를 타고 불로뉴비양쿠르 시청으로 내 출생신고를 하러 간다. 나는 아버지가 오퇴이의 한적한 길과 그해 여름의 고요한 강변도로를 따라 다시 돌아오는 모습을 상상한다.

그러고 나서 그는 멕시코에 가서 살기로 결심한다. 여권은 준비되었다. 마지막 순간, 그는 생각을 바꾼다. 하마터면 전쟁이 끝난 후 유럽을 떠날 뻔했다. 삼십 년 후, 그는 중립국인 스위스에 가서 죽는다. 그 동안 그는 여러 곳을 전전했다. 캐나다, 기아나, 적도 아프리카, 콜롬비아…… 그가 헛되이 찾은 것은 엘도라도였다. 나는 그가 독일 점령기로부터 도망치려는 것이 아닐까 궁금하다. 그는 그 시기에 파리에 있으면서 마음속으로 겪은 것을 내게 전혀 털어놓지 않았다. 자신도 자기가 누구인지 전혀 모르는데, 사냥감이 되어 몰리고 말았다는 묘한 느낌과 두려움이었을까? 그러나 타인 입장에서 말을 해선 안 되는 법이라, 침묵이 고통스럽더라도 난 침묵을 깨는 것이 언제나 불편했다.

1946년. 부모님은 여전히 케 드 콩티 15번지 5층과 6층에서 산다. 1947년부터 아버지는 4층까지 임차하게 된다. 사람들이 황금빛 빈곤이라 부르는 상태에 빠지기 전인 1947년까지, 상당했으나 덧없었던 아버지의 재산. 아버지는 조르지니 시프, 코스타리카 시민인 M. 테시에라는 사람, 그리고 루이 드 라 로셰트 남작이라는 사람과 동업한다. 그는 또 '포도주 사업'에 연루된 일명 Z.라는 사람과 절친한 사이다. 외조부모가 나를 보살피기 위해 앙베르에서 파리로 왔다. 나는 항상 그들과 함께 지내서 플랑드르어만 알아듣는다. 1947년 10월 5일 동생 루디 탄생. 해방 이후, 어머니는 에콜 뒤 비외콜롱비에에서 극예술 강의를 들었다. 어머니는 1946년 미코디에르 극장에서 〈나의 금발 여인 곁에서〉라는 극에 작은 역할을 맡아 연기했다. 그리고 1949년에는 〈7월의 약속〉이라는 영화에도 잠깐 출연했다.

1949년 그해 여름, 어머니는 앙티브 곶과 바스크 해변에서 러시아 출신의 바람둥이 블라디미르 라체프스키, 시를 쓰는 바스크 사람인 A. 후작과 사귀었다. 그런 사실을 나는 훨씬 나중에서야 알게 된다. 내 동생과 나, 이렇게 둘은 2년 가까이 비아리츠에 외따로 남겨진다. 우리 둘은 카사 몬탈보에 있는 작은 아파트에서 사는데, 우리를 돌봐주는 여자는 그 아파트 관리인이다. 이제는 그 여자 얼굴이 잘 기억나지 않는다.

1950년 9월, 우리는 비아리츠에 있는 생마르탱 교회에서 부모가 참석하지 않은 가운데 세례를 받았다. 세례 증서에 따르면 '장 맹트'라는 수수께끼의 인물이 내 대부인데, 나는 모르는 사람이다. 1950년 10월 새 학기가 시작될 때에 나는 처음으로 카사 몬탈보에 있는 생트마리드비아리츠 학교에 입학한다.

어느 날 오후, 학교가 파했을 때, 아무도 나를 데리러 오지 않았다. 나는 혼자서 집에 가려 했지만, 길을 건너다 소형 트럭에 치이고 말았다. 트럭 운전사는 나를 수녀원으로 싣고 갔고, 그곳 수녀들이 날 잠재우려고 에테르를 적신 탐폰을 내 얼굴 위에 덮었다. 그 이후부터 나는 에테르 냄새에 유난히 민감하다. 지나칠 정도로. 에테르는 나에게 고통을 떠올리면서 또한 이내 그 고통을 지우는 묘한 속성을 지니게 된다. 기억과 망각.

우리는 1951년에 파리로 돌아온다. 어느 일요일 오전, 나는 어머니가 〈필레몽 콤플렉스〉라는 극에서 작은 배역을 맡아 공연을 하는 몽파르나스 극장 복도에 서 있다. 어머니는 무대에 올라가 있다. 나는 겁이 난다. 울기 시작한다. 그 극에 같이 출연하는 쉬잔 플롱이 달래보려고 내게 우편엽서를 준다.

케 드 콩티의 아파트 4층. 저녁이면 옆방에서 사람들의 목소리와 웃음소리가 들려오곤 했다. 그 방에는 어머니와 생제르맹데프레의 친구들이 있었다. 나는 어머니를 거의 보지 못했다. 어머니가 내미는 진정한 애정과 보호의 손길은 기억조차 없다. 어머니 앞에서는 항상 조금은 경계심이 들곤 했다. 갑작스레 터지는 어머니의 분노는 날 불안하게 했고, 그래서 교리 교육을 받으러 갈 때면 하느님께 어머니를 용서해달라고 기도하곤 했다. 아버지는 5층을 사무실로 사용하고 있었다. 아버지는 종종 두세 사람과 함께 그 사무실에 있었다. 그들은 의자나 소파 팔걸이에 앉아서 자기들끼리 이야기를 나누고 돌아가며 전화도 걸곤 했다.

그리고 마치 럭비공이기라도 되는 듯 전화기를 서로에게 던졌다. 이따금 아버지는 우리를 돌봐줄 젊은 아가씨들, 에콜 데 보자르[1]에 다니는 여학생들을 모집하곤 했다. 그리고 여학생을 모집하면 전화를 받을 때 "지금 안 계시는데요"라고 대답하게 했다. 또 편지도 받아쓰게 했다.

1952년 초, 어머니는 우리를 주이앙조자스의 독퇴르퀴르젠 가에 사는 자기 친구 쉬잔 부크로에게 맡긴다. 나는 그 거리 끝에 있는 잔다르크 학교에 다니다가 공립학교로 전학한다. 1952년, 내 동생과 나 이렇게 둘은 마을 교회의 자정미사에 어린이 성가대로 참가한다. 제일 처음 읽은 책들. 『최후의 모히칸』, 내용은 전혀 이해할 수 없지만 그래도 끝까지 읽는다. 『정글북』. 아드리엔 세귀르가 삽화를 그린 안데르센 동화들. 『장화 신은 고양이』.

독퇴르퀴르젠 가 38번지에는 이상한 여자들이 오고가는데, 그중에는 지나 라체프스키, 퐁티외 가에서 캐롤스라는 디스코 클럽을 경영하고 프레드라는 별칭을 가진 쉬잔 볼레, 그리고 비외콜롱비에 가에 호텔 한 채를 소유하고 있으며 미국 차를 몰고 다니는 로즈 마리 크라웰이라는 사

1. 예술학교.

람들이 있다. 그 여자들은 남성용 상의와 구두를 신고 다녔고, 프레드는 넥타이도 맸다. 우리는 프레드의 조카와 함께 논다.

때때로 아버지가 자기 친구들이나 브라자빌로 여행을 다닐 때 알게 된 스튜어디스인 금발의 온순한 젊은 여자 나탈리와 함께 우리를 찾아오곤 한다. 목요일 오후에는 어린이 방송이 나오기 때문에 우리는 라디오를 듣는다. 난 다른 요일에는 간혹 뉴스를 듣기도 한다. 스피커에서는 오라두르 학살[2] 용의자들에 대한 공판을 알린다. 오라두르 학살이라는 단어의 울림은 지금 들어도 그게 무엇인지 전혀 알지 못했던 그때처럼 내 가슴을 얼어붙게 한다.

아버지가 찾아왔던 어느 날 저녁, 아버지는 독퇴르퀴르젠 가에 있는 집 거실 밖으로 돌출된 창문 가까이에서 나를 마주하고 앉았다. 아버지는 내게 장차 뭘 하며 먹고살 것이냐고 묻는다. 나는 뭐라 대답할 바를 모른다.

1953년 2월 어느 날 아침, 아버지는 차를 타고 와 황량한 집에 머물고 있는 나와 내 동생을 데리고 파리로 간다.

---

2. 1944년 6월 10일, 항독 무장단체가 독일군 장교 두 명을 사로잡자, 그에 대한 보복으로 독일군이 오라두르 쉬르 글란 지방 주민 642명을 학살한 사건.

쥐잔 부크로가 강도죄로 체포되었다는 것을 나는 나중에 서야 알게 된다. 주이앙조자스와 파리 사이, 그때까지도 아직 하나로 자리 잡지 못한 그 교외 지역의 신비. 폐허가 된 성이 한 채 있고 그 성 앞, 키 큰 풀들이 자란 초원에서 우리는 연을 날리곤 했다. 메츠 숲. 삐꺽거리는 소리를 내며 상쾌하게 층층이 물을 흘려 내리는 마를리의 커다란 물레방아.

1953년부터 1956년까지 우리는 파리에 머물렀고, 나는 동생과 함께 퐁드로디에 있는 공립학교에 다니게 된다. 우리는 생제르맹데프레로 자주 교리 공부를 하러 다니기도 한다. 우리는 보나파르트 가에 있는 작은 아파트에 살면서 생제르맹데프레에서 성무일과를 보는 파쇼 신부를 자주 만난다. 그 당시 파쇼 신부가 내게 썼던 편지를 찾아냈다. "7월 18일 월요일. 네가 분명 해변에다 튼튼한 성을 쌓고 있으리라 생각한단다…… 파도가 높이 일 때면 잽싸게 도망치는 수밖에 없어! 퐁드로디 학교 운동장에서 휴식 시간이 끝났다고 호각을 불 때도 마찬가지지! 파리는 무척 덥다는 것을 알고 있니? 다행히도 간간이 소나기가 내리는 덕분에 대기는 선선하다. 아직도 교리 공부가 진행되고 있다면, 넌 여전히 네 친구들에게 흰 병에 담은 박하차를 잔에 따라 나누어주고 있으련만. 8월 15일 축제를 잊지 말아라. 한 달 후면 성모승천일이란다. 하늘에 계신 성모님 마음을 기쁘게 해드리려면 그날 성체배령을 하도록 해라. 네가 그런 멋진 생각으로 성모님을 기쁘게 해드린다면, 성모님도 아들 파트릭을 흡족하게 여기실 거야. 방학 중에도 우리에게 좋은 날씨를 내려주신 선한 하느님께 감사드리는 걸 잊지 말아야지. 잘 지내렴, 나의 파트릭. 진심으로 애정을 보낸다. 파쇼 신부." 교리 공부는 아베 가 4번지—지금 그곳에는 으리으리한 아파트들이 들어서 있다—의 낡은 건물 꼭대기 층과 고가품 상점이 되어버린 퓌르스텐베르 광장의 어떤 방에서 했었다. 이젠 모습이 다 바뀌었다. 자크 프레베르와 파쇼 신부도 그러겠지만, 나도 이젠 내 유년시절 살았던 동네를 알아보지 못한다.

센 강 건너편에는 루브르 궁, 카루젤의 두 광장, 동생과 긴긴 오후를 보내곤 했던 튈르리 공원의 신비가 있다. 햇빛 아래 검은 돌과 마로니에 잎들. 녹음 속의 야외극장. 죄드 폼 박물관 아래, 테라스 축대 벽에 산더미처럼 쌓인 낙엽들. 우리는 산책길에 번호를 붙이곤 했었다. 텅 빈 분수대. 카루젤의 사라진 두 광장 중 하나에 있던 카인과 아벨 조각상. 그리고 다른 한 광장에 있던 라파이예트 동상. 카루젤 공원의 청동사자상. 보르 드 로[3] 테라스 벽의 푸른 천칭. 푀이양[4] 테라스 아래 '화장실'의 자기(瓷器)들과 그 상쾌함. 햇빛이 드는 아침, 분수대 가까이 잔디밭에서 들려오는 잔디 깎는 기계의 웅웅거리는 소리. 궁궐 남문에 달린, 영원히 바늘이 멈춘 벽시계. 그리고 밀라디[5]의 어깨 위에 찍힌 낙인. 내 동생과 나, 우리는 가계도를 만들곤 했는데, 문제는 루이 성왕과 앙리 4세를 잇는 것이었다. 여덟 살 때 본 〈지상 최대의 쇼〉[6]라는 영화가 인상적이었다. 그중에서도 특히 밤에 미국 자동차에 막혀 서커스 공연단이 탄 열차가 멈춰 서는 장면. 달빛. 메드라노 서커스. 여러 레퍼토리를 연주하는 오케스트라. 광대 럼, 알렉스, 드르나. 시골 장터 축제들. 베르사유 축제. 엷은 보라색, 노란색, 초록색, 진한 파랑색, 분홍색 등 형형색색의 범퍼카들. 요나의 고래가 있는 앵발리드 장터. 차량 정비소들. 그 어둠과 기름 냄새. 땅거미. 그곳에선 소음과 사람 목소리가 하나의 메아리로 사그라지고 있었다.

3. '물 가장자리'라는 뜻으로 튈르리 공원 테라스 중 하나.
4. '잎이 돋다'라는 뜻.
5. 뒤마의 소설 『삼총사』에 나오는 인물로 배신과 계략을 꾀하는 여인.
6. 찰턴 헤스턴 주연의 1952년 영화.

당시 내가 읽었던 책 중에서(쥘 베른, 알렉상드르 뒤마, 조제프 페이레, 코난 도일, 셀마 라게를뢰프, 칼 메이, 마크 트웨인, 제임스 올리버 커우드, 스티븐슨, 『천일야화』, 세귀르 백작부인, 잭 런던) 특히 『솔로몬 왕의 보물』[7]에서 젊은 가이드가 자신이 진짜 왕의 아들이라고 신분을 밝히는 대목이 기억난다. 그리고 제목 때문에 『젠다 성의 포로』[8]와 『신비의 범선』을 꿈꾸기도 했다.

퐁드로디 가의 학교에 같이 다니던 친구들. 부모가 그레구아르드투르 가에서 작은 호텔을 운영하는 베트남 아이 피에르 도-키앙. 그루지야 시인 일리아즈드의 아들로 반은 흑인이고 반은 그루지야 피가 섞인 즈다네비치. 또 다른 친구로는 도빌의 레퓌블리크 가의 정비소 위에 살던 제라르. 이제는 얼굴도, 어디서 알게 되었는지도 기억나지 않는 로니라는 친구도 있다. 우리는 불로뉴 숲 근처의 그의 집으로 놀러가곤 했다. 어렴풋이 기억나는 건, 문을 넘자마자 런던의 벨그라비아나 켄싱턴에 있는 그런 저택들 중 하나에 들어왔다는 느낌이 들었다는 것이다. 나중에 그

---

7. *King Solomon's Mines*, 헨리 라이더 해거드의 모험 소설.

8. *The Prisoner of Zenda*, 앤터니 호프의 소설.

레이엄 그린의 단편 「최초의 환멸」을 읽었을 때, 나로선 전혀 아는 바가 없는 그 로니라는 애가 어쩌면 그 주인공일 수도 있었겠다고 생각했다.

방학에는 도빌의 레퓌블리크 가 부근 작은 방갈로에서 아버지의 여자친구이자 스튜어디스인 나탈리와 함께 지낸다. 어쩌다 한 번쯤 어머니가 오면, 어머니는 오다가다 만난 친구들, 카지노에서 공연하는 연극배우들, 젊은 시절부터 알고 지낸 네덜란드 동료인 요피 반 알렌을 그곳으로 들이곤 한다. 알렌은 쿠에바스 후작의 공연단 일원이다. 그 사람 덕분에 나는 〈몽유병자〉[9]라는 발레 구경을 갔다가 충격을 받는다. 어느 날인가 나는 아버지를 따라 로얄 호텔 홀에 들어간다. 거기서 아버지는 스턴 부인이라는 사람과 약속이 있었는데, 아버지 말로는 그녀는 마구간을 가지고 있다고 한다. 아버지에게 그 스턴 부인이라는 사람은 대체 무슨 쓸모가 있었을까? 매주 목요일 오후가 되면 내 동생과 나는 저 아래 교회 맞은편에 있는 신문가게로 『타잔』을 사러 가곤 했다. 찌는 듯한 더위. 거리엔 우리 둘뿐이다. 보도 위의 그림자와 햇빛. 쥐똥나무 냄새……

---

9. 프랑스 극작가 외젠 스크리브와 장 피에르 오메르의 작품.

1956년 여름, 내 동생과 나는 아버지와 스튜어디스인 나탈리와 함께 방갈로를 차지하고 있다. 나탈리는 방학 때와 같은 해 부활절 휴가 때 우리를 빌라르쉬르올롱 호텔로 데리고 갔었다. 1954년 어느 일요일, 동생과 내가 파리의 비외콜롱비에 극장 무대 뒤에 있고, 어머니는 무대에 올랐다. 연극 주인공 역을 맡은 쉬지 프림인가 하는 여자가 심술궂게 거기는 우리가 있을 자리가 아니라고 말한다. 수많은 늙은 엉터리 여배우들이 그러하듯, 그녀는 아이들을 좋아하지 않는다. 나는 그녀에게 편지를 보낸다. "친애하는 부인, 무척이나 재수 없는 성탄절을 맞으시길." 엄하면서 동시에 불안한 그녀의 시선은 내게 충격이었다.

일요일마다 우리는 아버지와 함께 63번 버스를 타고 불로뉴 숲까지 가곤 했다. 호수, 미니 골프를 치러 가기 위해 배를 타곤 했던 부교 그리고 샬레 데 질[10]…… 어느 날 저녁, 우리가 숲에서 돌아갈 버스를 기다리고 있을 때, 아버지는 우리를 아돌프이봉이라는 작은 길로 이끈다. 아버지는 어떤 호텔 앞에 멈춰 서서 우리에게 말한다. "지금은 저기 누가 살고 있는지 궁금하구나." 마치 그 장소를 잘

10. 불로뉴 숲 호수 안의 섬에 있는 음식점.

아는 것처럼. 그날 저녁 나는 아버지가 서재에서 연감을 뒤적이며 거리를 찾는 모습을 본다. 그게 호기심을 자극한다. 십 년쯤 후, 나는 아돌프이봉 가 6번지의 지금은 존재하지 않는 그 호텔이(1967년 나는 다시 그 길로 가서, 아버지가 바라본 그 호텔이 6번지에 해당한다는 것을 확인했다) 독일 점령기에 파리 암시장에서 가장 큰 가게인 '오토' 사무실이 있던 곳이라는 사실을 알게 된다. 갑자기 썩은 냄새가 승마장 냄새, 불로뉴 숲의 낙엽 냄새와 뒤섞인다. 때때로 그 시절 오후에 동생과 아버지 그리고 나, 이렇게 세 사람은 아무 버스나 집어타고 종점까지 가곤 했던 기억도 난다. 생망데. 포르트 드 장티…….

1956년 10월, 나는 주이앙조자스에 있는 몽셀 학교에 기숙 학생으로 들어간다. 주이앙조자스에 있는 학교는 모두 다 다녀보았을 것이다. 처음 며칠 밤은 기숙사에서 지내기가 힘들고 종종 울고 싶은 마음도 든다. 하지만 이내 용기를 내기 위해 공부에 열중한다. 방법은 일종의 부적처럼 정해진 한 점에 온통 주의를 집중하는 것이다. 예컨대 플라스틱으로 만든 작은 검은 말(馬) 같은 것에.

1957년 2월, 동생을 잃었다. 어느 일요일, 아버지와 랄프 삼촌이 기숙사로 나를 찾아왔다. 파리로 가는 도중, 랄프 삼촌은 운전을 멈추고 아버지와 날 내버려두고 차에서 내렸다. 차 안에서 아버지는 내게 동생의 죽음을 알렸다. 그 전 주 일요일, 난 케 드 콩티에 있는 내 방에서 동생과 함께 오후를 보냈다. 우리는 함께 수집한 우표를 정리했다. 난 다섯시에는 학교로 돌아가야 했기에, 동생에게 기숙사 소극장에 극단이 와서 학생들을 위한 공연을 한다고 했다. 그 일요일 날의 동생 눈길을 난 결코 잊지 못할 것이다.

내 동생 루디, 그 아이의 죽음을 빼면, 난 내가 여기 쓰고 있는 것들 중 그 어느 것도 나와는 깊은 연관이 없다고 생각한다. 나는 다큐멘터리 식으로 그리고 아마도 더 이상 나의 것이 아닌 삶을 끝내기 위해 마치 조서 혹은 이력서를 작성하듯 이 페이지들을 써나간다. 이것은 사건과 행위의 단순한 필름에 지나지 않는다. 나는 고백할 것도 해명할 것도 전혀 없으며, 내관(內觀)과 자기성찰에 대한 취향도 없다. 반대로 사태가 모호하고 신비스러울수록 나는 더 많은 관심을 기울인다. 그래서 심지어는 신비가 전혀 없는 것에서 신비를 찾으려 하기도 했다. 스물한 살까지 내게 일어난 사건들, 나는 그것들을 스크린 이미지 프로세스— 배우들이 스튜디오 플로어에 정지해 있는 동안, 배경으로 풍경이 스쳐 지나가는 기법 — 로 체험하였다. 나는 나보다 앞서 많은 사람들이 느꼈던 느낌, 즉 모든 것이 스크린 이미지 프로세스로 전개되었고 나는 아직 내 삶을 살 수 없구나 하는 그 느낌을 옮기고 싶다.

1960년까지 나는 몽셀 학교의 기숙 학생이었다. 그 사 년간은 군대식 훈련이었다. 매일 아침 국기 게양. 도보 행군. 분대 제자리에 서. 분대 차렷. 저녁이면 방마다 점호. 몇몇 1학년[11] '고참' 들이 '규율' 을 잡기 위해 행하는 신고식들. 전자식 기상나팔 소리. 30명씩 동기생별로 하는 샤워. 에베르 트랙. 휴식. 차렷. 그리고 정원 가꾸는 시간, 우리는 줄지어 잔디밭에 떨어진 낙엽들을 갈퀴로 긁어모으곤 했다.

4학년[12] 때 같은 반 친구 중에 사피르스텐이 있었다. 그는 녹색 지붕의 방을 나와 함께 썼다. 그는 자기 아버지가 스무 살 때 빈에서 의학 공부를 하고 있었노라고 했다. 독

11. 우리나라의 고교 2학년에 해당한다.

12. 우리나라의 중학교 3학년에 해당한다. 프랑스에서는 학년이 올라갈수록 호칭은 낮아진다. 우리나라 중1에 해당하는 학년이 프랑스에서는 '6학년', 중3은 '4학년', 고1은 '2학년', 고2는 '1학년'이며, 고3은 '졸업반(terminale)' 으로 불린다. 참고로, 우리나라의 중학교에 해당하는 콜레주(collège)는 4년제이다.

일이 오스트리아를 합병한 1938년, 나치는 빈에 거주하는 유대인들에게 보도를 청소하고 상점 유리창에 붙일 육각형 별을 손수 그리라고 하는 수치를 안겨주었다. 그의 아버지는 그런 박해를 받은 후 오스트리아를 탈출했다. 어느 날 밤, 우리 몇몇은 공원 깊숙한 곳에 위치한 벙커 내부를 탐사해보기로 결정했다. 그러자면 넓은 잔디밭을 가로질러야 하는데, 만일 경비원의 눈에 띄기라도 한다면 엄한 처벌을 받을 수도 있었다. 사피르스텐은 이러한 보이스카우트 팀에 합류하기를 거부했다. 다음날, 일행에 진짜 '사내'들이 있을 때 무겁게 짓눌리는 병영 같은 분위기 속에서, 우리는 그를 '겁쟁이' 취급하며 따돌림했다. 어느 날 오후 예고도 없이 사피르스텐의 아버지가 학교로 찾아왔다. 그는 같은 방을 쓰는 학생들에게 점잖게 말하길, 자기 아들을 괴롭히지 말고 '겁쟁이' 취급도 하지 말아달라고 했다. 그 모습에 내 친구들, 심지어 사피르스텐까지도 놀랐다. 우리는 교수실에 있는 탁자 주위에 모였다. 사피르스텐은 자기 아버지 옆에 앉았다. 모두들 기분 좋게 화해했다. 그 아버지가 우리에게 담배를 줬다고 생각된다. 내 친구들 어느 누구도 더 이상 그 사건을 중요하게 생각하지 않았다. 심지어 사피르스텐까지도. 하지만 나는 20년 전

자신이 겪었던 그 악몽이 아들에게 다시 재현되는 것은 아닐까 걱정했던 그 남자의 불안감을 생생히 느꼈다.

몽셀 학교에는 학대 받는 아이들, 사생아들, 미아들이 있었다. 오랫동안 기숙사에서 내 옆자리에 있었던 브라질 아이가 생각난다. 그애의 부모는 소식이 끊긴 지 2년이 되었는데, 마치 부모가 그 아이를 어느 역 분실물 보관소에 맡긴 것만 같았다. 다른 애들은 청바지를 몰래 사고팔았으며 벌써부터 경찰의 비상선을 뚫고 나가기도 했다. 학생들 중에는 형제가 있었는데, 둘은 20여 년이 지난 후 중죄 재판소에 서기까지 했다. 종종 금박으로 도금되는 청춘, 그러나 그 금은 수상쩍은, 불순물이 섞인 금이었다. 그 선량한 소년들 대부분에게는 장래라는 것이 없으리라.

그 당시에 읽었던 책들. 몇 권의 책이 내게 깊은 영향을 주었다. 『페르미나 마르케스』[13], 『유형지에서』[14], 『억지 사랑』[15], 『해는 또다시 떠오른다』[16]. 다른 책들에서 나는 거

---

13. *Fermina Marquez*, 1911년에 발표된 발레리 라르보의 청춘소설.
14. *La Colonie pénitentiaire*, 1914년 집필되어 1919년 간행된 프란츠 카프카의 소설.
15. *Les Amours jaunes*, 트리스탕 코르비에르의 시집.
16. *Le soleil se lève aussi*, 1926년 헤밍웨이의 소설.

리들의 환상성을 재발견하였다. 『밤의 마르그리트』[17], 『오로지 여자뿐』[18], 『이름 없는 거리』[19]가 그러한 책들이다. 아직도 학교 의무실 서가에는 지난 두 차례의 전쟁에서 살아남고 혹시나 지하실로 내려가 처박히는 것은 아닐까 하는 두려움에 매우 조심스럽게 버티며 굴러다니는 몇몇 낡은 소설책들이 있었다. 난 『오베를레 사람들』[20]을 읽은 기억이 난다. 하지만 무엇보다도 이제 막 선을 보인 포켓판 책들, 그리고 하드커버 장정의 푸르프르 총서[21]의 책들을 주로 읽었다. 좋은 책이건 나쁜 책이건 닥치는 대로 읽었다. 그 책들 중 상당수는 출간목록에서 자취를 감추었다. 초기 포켓판 책들 중에서 몇몇 제목은 아직도 내게 그 향기를 풍긴다. 『낚시하는 고양이의 거리』[22], 『브라티슬라바

17. *Marguerite de la nuit*, 소설가이자 작사가, 영화 및 사진 비평가인 피에르 막 오를랑의 작품.

18. *Rien qu'une femme*, 프랑시스 카르코의 작품.

19. *La Rue sans nom*, 마르셀 에메의 소설.

20. *Les Oberlés*, 1901년에 출간된 르네 바쟁의 소설.

21. 갈리마르 출판사에서 낸 포켓판 소설 총서.

22. *La Rue du Chat-qui-Pêche*, 헝가리 소설가 욜란드 폴더스(Yolande Folders)의 소설로, '뤼뒤샤키페슈(낚시하는 고양이의 거리)'라는 거리는 파리에서 가장 오래된 거리로 알려져 있다.

의 장미』[23], 『눈의 마리옹』[24].

일요일이면 아버지와 아버지가 당시 데리고 다니던 하수인 한 명과 함께 산책. 스티오파. 아버지는 그를 자주 만난다. 외눈 안경을 낀 그의 머리는 포마드를 잔뜩 처바른 바람에 소파의 등받이에 머리를 대면 포마드가 묻어날 지경이다. 그에겐 고정된 직업이 없다. 그는 빅토르위고 가에 있는 하숙집에서 산다. 이따금 스티오파와 아버지와 나는 불로뉴 숲으로 산책을 간다.

어느 일요일엔가 아버지가 케 브랑리 쪽에서 열리는 보트쇼에 날 데리고 간다. 우리는 거기서 전쟁 발발 전 아버지의 친구였던 '파울로' 게랭을 만난다. 플란넬 운동복 상의를 걸친 늙은 청년. 그도 보트쇼를 관람하러 온 건지 아니면 부스를 열고 있었는지 모르겠다. 아버지는 내게 파울로 게랭이 말이나 타고 멋진 차나 몰면서 여자들 후리는 것 이외에는 아무것도 한 게 없다고 설명한다. 내게 교훈이 되었으면 하는 거란다. 그래, 살아가려면 학위가 필요한 게야. 그날 오후 느지막이, 아버지는 마치 유령이라도

---

23. *La Rose de Bratislava*, 1948년에 출간된 에밀 앙리오의 소설.
24. *Marion des neiges*, 1928년에 출간된 장 마르테의 소설.

마주친 양 꿈꾸는 듯한 기색이었다. 케 브랑리에 갈 때마다 나는 약간은 굵직한 실루엣, 뒤로 넘겨 빗은 갈색 머리 아래로 오동통해 보이는 파울로 게랭의 얼굴을 생각했다. 그 일요일, 아무 자격증도 없는 그가 보트쇼에서 대체 뭘 할 수 있었는지, 그 의문은 영원히 풀리지 않을 것이다.

또 찰리 달턴이라는 사람도 있었다. 럭비공이라도 되는 양 아버지와 전화기를 던지고 받고 했던 것은 찰리 달턴과 그의 옛 동료인 뤼시앵 P.였다. 그 이름을 들을 때마다 나는 만화에 나오는 달턴 형제가 생각났고, 나중에 알프레드 뮈세의 친구 중 한 명의 이름도 달턴이었다는 사실을 알게 되었다. 아버지가 항상 로젠(Rosen 혹은 Rozen)이라는 성으로 부르던 사람. 그 로젠(Rosen 혹은 Rozen)은 배우 데이비드 니븐과 똑같이 닮았다. 나는 그가 스페인 내란 때 프랑코 지지 대열에 합류했다고 믿었다. 그는 소파에 몇 시간이고 아무 말 없이 앉아 있었다. 아버지가 없을 때조차도. 그리고 밤이 되면, 나는 상상한다. 그가 가구의 일부였다고.

가끔 아버지는 월요일 아침에 날 포르트 도를레앙에 있는 로통드 카페로 데리고 갔다. 그곳에는 나를 학교에 태워다줄 차량이 대기하고 있었다. 우리는 아침 여섯시에 일어났고, 그 차가 올 때까지 아버지는 아직 캄캄한 겨울 아침 환하게 네온을 밝힌 포르트 도를레앙의 카페들에서 사람들과 만나곤 했다. 삑삑 하고 울리는 커피포트 소리. 거기서 아버지가 만나는 사람들은 클라리지나 그랜드 호텔에서 만나는 사람들과 부류가 달랐다. 그들은 나지막한 소리로 이야기를 나누었다. 노점상들, 떠돌이 장사치처럼 혈색이 불그죽죽한 사람들 혹은 지방 공증 서기처럼 간사한 티가 나는 사람들. 대체 저 사람들이 아버지에게 무슨 쓸모가 있었을까? 그들은 이름에서도 촌티가 났다. 캥타르, 슈브로, 피카르……

어느 일요일 아침, 우리는 택시를 타고 바스티유 동네로 갔다. 볼테르 가, 레퓌블리크 가, 리샤르르누아르 가 등의 여러 건물 앞에서 아버지가 택시를 세운 것이 스무 번쯤은 되었다. 그때마다 아버지는 건물 관리 사무소에 봉투를 하나씩 내려놓았다. 이미 사라졌지만 아버지가 다시 증서를 찾아낸 회사의 옛날 주주들을 다시 소환하는 것이었을까? 혹시 인도차이나 광산연합이라는 그 회사였나? 또 어떤 일요일에 아버지는 프레르 가를 따라가며 봉투들을 맡긴다.

몇 번인가 토요일 저녁, 우리는 몽마르트르 너머 뤼소

가의 소형 아파트에 사는 파콩이라는 노부부를 방문하곤 했다. 작은 거실 벽에는 파콩 씨가 1914년 전투에서 받은 무공훈장이 액자에 넣어져 전시되어 있었다. 그는 전직 인쇄업자였다. 그리고 문학을 사랑했다. 그래서 내게 멋지게 장정된 생폴 루의 시집 『장미와 길가의 가시』[25]를 주었다. 아버지는 어떻게 그를 알게 되었을까?

레옹 그뤈발트라는 사람도 생각난다. 그는 한 주에도 몇 번씩이나 찾아와 아버지와 점심식사를 했다. 키가 크고 곱슬거리는 회색 머리칼, 스패니얼 개와 같은 머리, 어깨 그리고 무기력한 시선. 한참 후 나는 제쥐스 앵팡트가 쓴 『브로글리 사건』[26]에서 1968년 마테사 회사 대표가 '천오백만 달러에서 이천만 달러 정도의 융자를 받고자' 한다는 대목을 읽다가 그 사람의 흔적을 찾아내고 깜짝 놀랐다. 회사 대표는 '룩셈부르크에서 성사된 주요 융자건에 가담했던 인물' 인 레옹 그뤈발트와 관련이 있었다. 어떤 협약서에는 '장 드 브로글리, 라울 드 레옹, 레옹 그뤈발

25. *La Rose et les épines du chemin*.

26. *L'affaire de Broglie*. 브로글리 사건이란, 프랑스 정치가 브로글리 공이 암살되었는데 그 암살 음모를 이미 경찰이 파악하고 있었으면서도 이해관계와 권력 배분의 문제로 쉬쉬하여 덮어버린 사건.

트' 라고 서명되어 있었다. 만일 그들이 융자를 따냈더라면, 오십만 달러의 커미션을 손에 쥐게 되었을 것이다. 내가 읽은 바에 따르면, 그륀발트는 그 기간에 죽었다. 과로사였을까? 그런 부류의 사람들은 과도한 활동량에 밤샘을 하는 날도 많다는 건 밝혀둬야겠다. 그리고 낮에는 '협약서 서명' 을 위해 쉴 새 없이 미팅을 한다.

잠시 좀 더 맑은 공기를 마셨으면 좋겠다. 머리가 어지럽긴 하지만 아버지의 '미팅' 중 몇 건이 기억난다. 오전이 다 지날 무렵 아버지를 따라 샹젤리제에 갔었다. 키 작고 매우 활기 넘치는 대머리 사내가 우리를 골방으로 안내했고, 우리는 간신히 앉을 자리를 찾을 수 있었다. 나는 그 사내가 일곱 난쟁이 중 하나인 줄 알았다. 그는 남몰래 그 사무실을 쓰는 듯, 말을 할 때도 소리를 죽여 말했다.

평소 아버지는 클라리지 홀에서 사람들을 만났고, 일요일이면 나를 그곳에 데리고 가곤 했다. 어느 날 오후, 아버지가 어떤 영국 사람과 소곤소곤 이야기를 나눌 때, 난 따로 떨어져 있게 된다. 아버지는 영국인이 방금 서명한 서류를 기습적으로 낚아채려 한다. 하지만 영국인은 재빨리 서류를 뒤로 뺀다. 대체 무슨 '협약서' 였을까? 아버지는 로드바이런 가 1번지 황갈색 대형빌딩에 사무실을 가지고 있고, 그곳에서 뤼시엔 바티에라고 하는 여비서와 함께 아프리카 기획 회사를 경영하였다. 그 여비서는 전직 여성 모자 판매원으로 아버지와는 말을 놓고 지내는 사이였다. 파리의 거리라고 하면 제일 먼저 떠오르는 기억 중의 하나가 그곳이다. 우리는 발자크 가의 언덕길을 올라, 오른쪽으로 로드바이런 가를 끼고 돌아서 가곤 했다. 샹젤리제에 있는 노르망디 극장 건물로 들어가 미로와도 같은 복도들을 따라가도 그 사무실에 도달할 수 있었다.

아버지 방 벽난로 위에는 아버지가 공부하던 '해양법' 서적 몇 권이 있다. 아버지는 시가 모양의 유조선 한 척을 건조할 생각이다. 아버지와 일하는 코르시카 출신의 변호사들로, 우리가 직접 집으로 찾아가 만났던 마리아니 씨와 비차노바 씨가 있다. 아버지와 '압력 오븐' 특허를 취득한 발명가인 이탈리아 엔지니어가 함께 하던 일요일의 산책. 아버지는 '자기(磁氣) 감지사'로 주머니에 항상 추를 넣어 가지고 다니던 헬드라는 사람과 매우 친해지게 된다. 어느 날 저녁, 아버지는 계단에서 내게 뭔가 한 마디 말을 던졌는데, 당시에는 그 뜻이 무엇인지 제대로 이해하지 못했다. 그 한 마디는 아버지가 내게 거의 보인 적이 없는 속내 말이었다. "사소한 일을 소홀히 해서는 절대 안 된다……

불행히도 나는 사소한 일을 항상 무시했었지……"

1957~1958년, 그 기간에 아버지의 또 다른 하수인인 자크 샤티용이라는 사람이 모습을 보인다. 나는 이십 년 후에 그를 다시 만났다. 그때는 이름을 제임스 B. 샤티용이라고 했다. 독일 점령 초기에 그는 자신이 비서로 일하며 모시던 도매상인의 손녀와 결혼했는데, 당시 그는 뇌이에서 말을 파는 상인이었다. 나한테 보낸 편지에서 그는 아버지에 대해 이렇게 썼다. "네 아버지가 외롭게 죽는다 해도 절망하지 마라. 고독을 싫어하지 않는 분이니까. 네 아버지는 상상력이—사실대로 말하자면 오로지 사업으로만 쏠린—무척 풍부한 양반인 데다, 그런 상상력을 공들여 키우시거든. 그리고 상상력이 그 양반 정신에 양분이 되기도 하고 말이야. 언제나 자신이 쌓아올린 것과 '공모'하고 있어서 한 번도 외로운 걸 몰랐단다. 그런 까닭에 야릇하고 또 무척이나 사람을 당혹하게 만드는 분위기를 띠었지. 네 아버지는 모든 것에, 심지어 자신이 매달리지 않는 것에까지 호기심을 가진 분이다. 그리고 툭하면 화를 낼 만도 한데, 용케 평온한 느낌을 주곤 했어. 뭔가 장애를 겪을 때, 네 아버지 눈에선 빛이 번득였다. 평소에는 약간 묵직하다 싶은 눈꺼풀로 가려진 눈이 그럴 때는 크게 뜨이

더구나. 무엇보다도 네 아버지는 딜레탕트였다. 대화 상대방을 더욱 놀라게 한 것은 네 아버지가 말하고자 하는 의욕도, 자기 말뜻을 명확히 설명하려는 의욕도 별로 없었다는 것이다. 그는 알쏭달쏭한 말을 몇 마디 툭 던지고는 몇 번 마른기침을 곁들여가며 자, 하고 손동작을 하지. 말하는 것만 꺼려할 뿐 아니라 글 쓰는 것도 그런데, 자기가 봐도 무슨 글자인지 모르겠노라 변명을 하더구나."

제임스 B. 샤티용은 내가 자기 친구 장 사르토레에 대한 글을 써주었으면 하고 바랐을 것이다. 장 사르토레는 코르시카 출신의 악당으로 죽은 지 얼마 되지 않았는데, 독일 점령 치하에서 로리스톤 가의 갱단과 그 두목인 라퐁을 자주 찾아가곤 했었다. "네가 장 사르토레에 대한 글을 쓸 수 없다니 유감이구나. 하지만 사르토레가 라퐁의 오랜 친구라고 생각하면 오해다. 그는 금괴와 외화 밀수를 위해 라퐁을 방패막이로 이용했고, 프랑스보다도 독일 쪽에서 더 잡으려 했던 사람이다. 말이 났으니 하는 말이지만, 그는 로리스톤 무리에 대해 정말 상세하게 알고 있었단다."

1969년, 나의 두번째 소설이 출간된 이후, 그는 내게 전화를 걸어 자신의 이름과 주소를 남겼다. 그곳은 나중에

장 드 브로글리 살해 사건에 연루된 장 드 바르가의 집이었다. 나는 아버지, 나 그리고 숱이 많은 갈색 머리에 축 늘어진 눈꺼풀 아래 검은 눈이 반짝이는 그 샤티용과 함께 발레리앵 언덕으로 산책을 갔던 일요일을 아직 기억한다. 그는 자신에게 남은 유일한 재산인 가죽 시트가 움푹 꺼진 낡은 벤틀리에 우리를 태웠다. 얼마 후 어쩔 수 없이 그는 차를 버려야 했고, 벨로솔렉스[27]를 타고 케 드 콩티에 오곤 했다. 어느 날 나는 그에게 도전적인 어조로 물었다. "종교는 무슨 소용이 있는 거죠?" 그러자 그는 교황 비오 11세의 전기에 다음과 같은 헌사를 달아서 내게 주었다. "이 책을 읽고 '무슨 소용이 있을지' 이해하게 될 파트릭에게……"

토요일 저녁이면 대개 아버지와 나 둘만 남는다. 우리는 샹젤리제에 있는 영화관들과 고몽 팔라스[28]를 자주 간다. 유월의 어느 날 오후, 날이 무척 더웠는데 우리는—왜 그랬는지 생각이 나지 않지만—로슈슈아르 대로를 걷고 있었다. 거기서 우리는 햇볕을 피해 델타라는 이름의 조그만

27. 모터 달린 자전거.
28. 1972년에 헐린 대형 영화관.

상영관의 어둠 속으로 들어갔다. 조르주 V 극장에서는 〈뉘른베르크의 재판〉이라는 다큐멘터리를 상영하고 있었다. 열세 살의 나는 영상으로 강제수용소를 보게 된다. 그날 내게서 무엇인가가 변했다. 그런데 아버지는 무슨 생각을 하고 있었을까? 우리는 극장을 나와서도 서로 아무 말도 하지 않았다.

여름밤에 우리는 뤽 혹은 라 레장스에 가서 아이스크림을 먹곤 했다. 저녁식사는 알자시엔, 샹젤리제 혹은 콜리제 가에 있는 중국식당에서 했다. 저녁마다 우리는 검붉은 가죽 시트를 깐 픽업트럭에 아버지가 팔고자 하는 플라스틱 디스크 견본들을 실었다. 아버지의 침대 머리에 있는 탁자 위에 놓였던 책이 기억난다. 『친구를 사귀는 법』. 지금에서야 나는 아버지의 고독을 이해한다. 방학 때의 어느 월요일 아침, 나는 건물 내부 층계를 통해 내 방이 있는 6층으로 올라오는 발자국 소리를 들었다. 이어서 옆에 있는 커다란 욕실에서 울리는 말소리도 들렸다. 집달관들이 아버지의 양복, 셔츠, 구두를 압류하고 있었다. 가구까지 압류당하는 걸 막으려고 아버지는 어떤 술수를 썼을까?

1958년과 1959년 여름방학을 나는 에콜 데 보자르에 다니는 여학생과 므제브에서 보냈다. 그녀는 큰누나라도 되는 듯 나를 보살폈다. 레지당스 호텔은 문을 닫아 버려진 곳 같았다. 우리는 풀장으로 가기 위해 어두컴컴한 홀을 가로지르곤 했다. 풀장 근처에서는 오후 다섯시부터 이탈리아 오케스트라가 연주를 했다. 어떤 의사와 그 아내가 자기네 저택의 방 두 개를 우리에게 빌려주었다. 이상한 부부였다. 갈색 머리의 아내는 정신이 나간 듯했다. 그들은 모든 학대 받는 아이들이 그렇듯 얌전한 내 나이 또래의 여자아이를 입양했는데, 나는 오후를 인근 학교의 빈 교실에서 그 아이와 놀았다. 여름 태양 아래, 풀 냄새와 아스팔트 냄새.

1959년 부활절 휴가, 내가 기숙사에 처박혀 있지 않도록, 어떤 친구 하나가 몬테카를로에 있는 자기 할머니 폴리냐크 후작부인의 집으로 날 데리고 갔다. 후작부인은 미국인이다. 그 부인이 파리에서 로렌스와 조이스 작품을 출판한 출판업자로 서른 살의 나이에 자살한 해리 크로스비의 사촌이라는 사실을 나는 나중에서야 알게 된다. 부인은 검은색 전륜 구동차를 몰고 다닌다. 남편은 샹파뉴 지방의 와인을 관리했고, 그래서 전쟁이 터지기 전 그 부부는 샴페인 구매 대리인이었던 요아힘 폰 리벤트로프[29]와 자주 만났다. 그렇지만 내 친구의 아버지는 옛 레지스탕스 요원에다 트로츠키주의자였다. 그는 유고슬라비아의 공산주의에 관한 책을 한 권 썼는데, 그 서문은 사르트르가 써주었다. 이런 모든 사실을 나는 시간이 한참 흐른 후에야 알게 된다. 몬테카를로에 간 나는 오후 내내 후작부인의 집에서 부인이 20년대부터 모은 사진첩들을 뒤적이며 보낸다. 그 사진들은 부인과 부인의 남편이 살아온 태평무사한 멋진 생활을 담은 것들이다. 그녀는 내게 운전을 가르쳐주고자 구불구불한 도로에서 자신의 15CV의 핸들을 내게 넘긴다. 내가 커브 길에서 깜빡하는 바람에 하마터면 허공으로 붕 뜰 뻔했다. 그녀는 자신의 손자와 나를 데리고 핀더 서커스에 나오는 루이스 마리아노[30]를 보러 니스로 간다.

1959년과 1960년, 영국 본머스에서의 체류. 베를렌도 그 구석진 곳에 살았다. 녹음 속에 흩뿌려진 빨간색 작은 집들과 해수욕장의 하얀 별장들…… 나는 프랑스로 돌아갈 생각이 없다. 어머니는 소식 두절이다. 그리고 내가 예정보다 더 오래 영국에 머문다면 아버지에게도 도움이 될 것이라는 생각이 든다. 내가 있는 가정에서는 나를 더 오

29. 히틀러 치하에서 외무장관을 하던 사람으로 뉘른베르크 전범재판에서 사형선고를 받았다.
30. 오페레타 가수.

래 머물게 해줄 수 없다. 그래서 가지고 있던 옛날 화폐 삼천 프랑을 가지고 호텔 프런트로 가서 내 소개를 하니, 그들은 1층에 있는 폐쇄된 방에 공짜로 잠을 자게 해준다. 그후 매일 아침 내가 영어 강의를 듣던 학교 교장이 계단 아래에 있는 창고 비슷한 방을 내어준다. 나는 런던으로 도망친다. 저녁에 워털루 역에 도착한다. 워털루 다리를 건넌다. 파리보다 훨씬 커 보이는 그 도시에 홀로 남게 될까 무척 겁이 난다. 트라팔가 광장에 있는 붉은색 전화박스에서 수신자 부담으로 아버지에게 전화를 건다. 아버지에게 나의 두려움을 감추려 애를 쓴다. 아버지는 내가 런던에 혼자 있다는 사실을 알게 되었으면서도 그리 놀라는 기색이 아니다. 그는 무심한 목소리로 내게 행운을 빌어준다. 내가 미성년자임에도 불구하고 블룸스베리의 작은 호텔에서는 방을 내어준다. 하지만 단 하룻밤뿐이다. 다음날 나는 마블 아치에 있는 다른 호텔에서 내 운을 시험해본다. 거기서도 역시 내가 열다섯 살이라는 사실을 눈감아주고, 작은 방 하나를 내어준다. 당시 영국은 아직도 테디 보이들[31]이 설치고 있었고, 런던에서는 크리스틴 킬러[32]가

31. 2차 대전 이후 유행한 에드워드 시대 복고풍 하위문화.

열일곱 살의 나이로 변두리에서 막 상경했다. 나중에 나는 알게 되었다. 그해 여름, 킬러가 베이커 가의 작은 그리스 식당에서 종업원으로 일하고 있었고, 내가 저녁에 그곳에서 아주 가까운 터키 식당에서 식사를 한 후 수심에 빠져 옥스포드 가를 거닐었다는 사실을. "그리고 토머스 드 퀸시는/다정하고 정숙한 독 아편을 마시며/꿈꾸네, 가엾은 안을……"

1959년 9월 어느 날 밤, 어머니와 그 남자친구들 중 한 명과 함께 자리한 에콜 가의 아랍 식당 쿠투비아. 늦은 시간이다. 레스토랑에는 사람이 없다. 아직 여름이다. 덥다. 문은 길을 향해 활짝 열려 있다. 내 청소년기의 그 이상한 세월들, 알제는 파리의 연장이었고, 파리는 알제로부터 파도와 메아리를 받아들이고 있었다. 마치 사막과 해변의 모래를 머금은 지중해 동남풍이 튈르리 공원의 나무 위로 불듯…… 알제와 파리에는 똑같은 베스파[33]가 돌아다니고, 똑같은 영화 포스터가 나붙고, 카페의 주크박스에서는 똑같은 노래가 흘러나오고, 거리에는 똑같은 도핀[34]이 굴러

32. 1963년 당시 영국 국방장관 존 프로퓨모를 실각시킨 섹스 스캔들의 주인공이자 스파이였던 고급 콜걸.
33. 바이크의 일종.

다녔다. 알제나 샹젤리제나 똑같은 여름. 그날 밤, 쿠투비아 식당, 우리가 있는 곳이 파리였던가 아니면 알제였던가? 얼마 후, 쿠투비아는 플라스틱 폭탄으로 파괴되었다. 어느 날 밤, 생제르맹데프레—혹은 알제였나?—에서는 잭 로몰리 블라우스 상점에서 플라스틱 폭탄이 터졌다.

1959년 그해 가을, 어머니는 퐁텐 극장에서 어떤 작품에 출연한다. 외출하는 토요일 저녁이면, 난 가끔 극장 사장 사무실에서 숙제를 한다. 그리고 주변을 산책한다. 나는 생제르맹데프레보다 덜 촌스럽고 샹젤리제보다는 약간 더 혼탁한 피갈 동네를 발견한다. 내가 처음으로 파리의 신비를 접하고 또 잘 깨닫지도 못하면서 내 삶을 꿈꾸기 시작한 곳이 그곳, 퐁텐 가, 블랑슈 광장, 프로쇼 가다.

케 드 콩티, 새로 온 두 명이 그곳 아파트에 살게 된다. 아버지의 젊었을 적 친구로 운전기사 역할을 맡아 어디로든 DS19[35]를 몰며 아버지를 수행하는 로버트 플라이, 그리고 내 어머니가 젊은 화가의 애인이자 부유하면서도 불안한 외국 여자 역을 맡아 출연한 막스 페카 감독의 영화

34. 르노에서 만든 자동차.
35. 시트로앵에서 만든 자동차.

〈악순환〉의 촬영 때 알게 된 디자이너 로버트 카가 그 사람들이다.

1960년 1월, 나는 어머니 집에서 만난 키키 다라간이라는 여자와 사랑에 빠져 학교에서 도망친다. 빌라쿠블레 비행장 격납고까지 걸어갔다가 다시 버스와 지하철을 타고 생제르맹데프레로 돌아온 나는 보나파르트 가와 센 강변로 모퉁이에 있는 카페 말라포스에서 우연히 키키 다라간과 마주친다. 그녀는 에콜 데 보자르에 다니는 친구들과 함께 있다. 그들은 내게 집으로 돌아가라고 조언한다. 문에서 벨을 누르지만 아무도 대답하지 않는다. 아버지는 분명 DS19를 타고 로버트 플라이와 함께 나갔을 것이다. 여느 때와 마찬가지로 어머니는 없다. 어디선가 잠은 자야 한다. 나는 키키와 그 친구들에게 약간의 돈을 얻어 지하철과 버스를 타고 기숙사로 돌아간다. 교장은 6월까지는 날 받아주겠노라 승낙한다. 하지만 난 학년말에 퇴학 당하게 된다.

어쩌다 한 번씩 외출하게 되는 날, 아버지와 로버트 플라이는 가끔 자신들이 가는 곳에 날 데리고 가곤 한다. 그들은 일드프랑스의 벌판을 누비고 다닌다. 공증인들과 미팅을 갖고, 온갖 부동산들을 찾아가본다. 그들은 숲 속 여인숙들에 잠시 머물다 간다. 어떤 절실한 이유 때문인지는 몰라도, 아버지는 '전원생활'에 젖어들고 싶은 모양이다. 파리로 돌아온 로버트 플라이와 아버지가 오스망 가 73번지 사무실에서 나눈 긴 밀담들. 나는 그 사무실에서 그들을 만난다. 로버트 플라이는 금발의 콧수염을 기르고 있었다. DS19의 운전 이외에 그가 대체 뭘 할 수 있었는지 나는 모른다. 그가 내게 설명해준 바에 따르면, 때때로 피갈로 '드라이브'를 가고, 오전 일곱시 경에 케 드 콩티로 돌아간다고 했다. 로버트 카는 아파트의 방 하나를 의상 디자인 작업실로 개조했다. 아버지는 그에게 코메디아 델라르테[36]에 나오는 인물인 트뤼팔딘이란 별명을 붙였다. 40년대에 최초의 여장남자 배우인 라 잠벨라, 럭키 사르셀, 지지 무스틱의 의상을 만들어준 사람이 바로 로버트 카다.

나는 아버지를 따라 크리스토프콜롱브 가로 간다. 아버지는 그 거리 12번지인지 14번지인지, 그 부근에 있는 어떤 작은 호텔에서 새로운 '하수인'인 모라위스키라는 사람을 만난다. 나는 마로니에 그늘 아래서 왔다갔다하며 아버지를 기다린다. 때는 초봄이다. 어머니는 레자르 극장에

36. 16~18세기 유럽 전역에 유행했던 이탈리아 극형식.

서 공연을 하는데, 극장장은 알렉산드라 루베 잔스키라는 이름의 부인이다. 연극 제목은 〈여자들은 알고 싶다〉이다. 대본은 리옹의 어떤 견직물업자와 그 여자친구가 썼는데, 그들은 자신들이 직접 극장도 빌리고 배우의 출연료도 지급하는 등 모든 경비를 다 부담한다. 매일 밤, 극장은 텅 빈다. 유일한 관객은 리옹의 그 견직물업자의 친구들이다. 연출자는 현명하게도 그 견직물업자에게 비평가들은 '악의에 찬' 사람들이기 때문에 오지 않게 하라고 조언을 한다.

여름방학 직전의 마지막 일요일 저녁, 로버트 플라이와 아버지는 DS19에 나를 태워 몽셀 학교로 가서 내가 짐을 싸기를 기다린다. 짐을 DS 트렁크에 넣은 후, 나는 서부 고속도로를 타고 주이앙조자스를 완전히 떠난다.

분명 날 파리에서 멀리 떼어놓으려는 것 같다. 1960년 9월, 나는 오트사부아 산악지대 톤에 있는 생조제프 학교에 입학한다. 그곳에 내가 아는 사람이라곤 자크 게랭이라는 사람과 그의 부인이자 내 고모인 스텔라뿐이다. 그들은 안시 호숫가의 베이리에에 초록색 덧창이 달린 하얀 집을 세 얻어 살고 있다. 하지만 내가 아주 간혹 일요일에 외출을 해 학교를 몇 시간 떠나 있는 때를 제외하면, 그들은 내게 큰 도움이 되지 않는다.

'재키' 게랭은 그저 좋아서 '섬유' 일을 하는데, 리옹 출신으로 방랑벽이 있는 데다 클래식 음악, 스키, 멋진 차의 애호가이다. 스텔라 게랭은 살인 혐의로 당시 감옥에 있던 제네바 출신의 변호사 피에르 자쿠와 계속 서신을 주고받는다. 자쿠가 풀려나면, 그녀는 그를 만나러 제네바로 갈 것이다. 나는 1963년 경 뫼벤픽의 바에서 그녀와 함께 있는 자쿠를 만나게 된다. 그는 내게 문학, 특히 말라르메에 대해 얘기한다.

재키 게랭은 파리에 있는 내 아버지의 동생, 랄프 삼촌에게 명의를 빌려주는 역할을 한다. 오트빌 가 74번지 '게랭 회사'는 실질적으로는 랄프 삼촌이 경영한다. 삼촌이 사무실을 차려놓고 '물자'를 팔고 있는 일종의 창고와 다름없는 그 게랭 회사의 정확한 역할이 무엇인지 나는 밝혀본 적이 전혀 없다. 몇 년이 지난 후, 나는 삼촌에게 왜 그 회사의 이름이 삼촌 이름인 '모디아노'가 아니라 '게랭'이냐고 물어보았다. 삼촌은 파리 억양으로 대답했다. "녀석아, 너도 알겠지만, 전쟁 후에는 이탈리아식 이름이 평판이 나빴거든……"

방학 막바지의 오후 나절, 나는 베이리에뒤락의 조그만 모래사장에 앉아 『육체의 악마』[1]와 『마녀 집회』[2]라는 책을

1. *Le Diable au corps*, 레몽 라디게의 소설.

2. *Le Sabbat*.

읽는다. 개학하기 며칠 전, 아버지는 곧 기숙사에 갇히게 될 소년의 정신 상태를 위태롭게 할 수도 있는 심한 내용의 편지 한 통을 보내온다. 비행 청소년은 자기 앞길을 자기가 알아서 하도록 내버려두는 것이 옳다는 걸 스스로에게 납득시킴으로써 양심의 가책을 털어버리고 싶은 것일까? "알베르 로돌프 모디아노, 파리 6구 케 드 콩티 15번지, 1960년 9월 8일. 네가 생로[3]에서 보낸 편지를 돌려보낸다. 난 그 편지를 받고서, 앞으로 진학할 학교에서 치를지도 모르는 시험 준비 때문에 파리로 돌아오고 싶다는 네 말을 단 한순간도 믿지 않았다. 그런 연유로 나는 네가 당장 내일 아침 아홉시 기차를 타고 안시로 떠나야 한다고 결정했다. 새 학교에서의 네 품행을 기대하며, 너 자신을 위해서라도 네 행동거지가 모범적이길 기원할 수밖에 없구나. 널 보러 제네바로 갈 생각이었다만, 지금으로선 쓸데없는 일일 것 같다. 알베르 모디아노."

어머니는 바람처럼 나타나서 내게 옷가지 두 점, 회색 셔츠 하나와 십 년은 거뜬할 것 같고 물기도 새어들지 않을 것 같은 고무창 달린 중고 구두를 사준다. 그리고 개학

3. 프랑스 북서부 바스노르망디 지방의 도시.

전날 밤에 떠난다. 죄수처럼 갇혀 있으리라는 것을 알면서 아이가 기숙사에 들어가는 모습을 보는 것은 언제나 고통스럽다. 붙잡고 싶으리라. 어머니는 그런 생각이나 할까? 분명 어머니의 눈에서는 전혀 자비를 찾아볼 수 없다. 게다가 어머니는 한참 동안 스페인에 가 있어야 한다.

다시 9월이다. 학기가 시작된 어느 일요일 저녁. 생조제프 학교에서의 처음 며칠은 힘들다. 하지만 재빨리 적응한다. 벌써 4년째, 나는 기숙사를 전전하고 있다. 톤의 내 급우들은 대부분 농촌 출신인데, 나는 몽셀의 번지르르한 불량소년들보다는 이들이 더 좋다.

불행히도 읽는 책들도 검열 대상이다. 1962년, 나는 『이삭 없는 보리』[4]를 읽었다고 며칠간 정학을 당하게 된다. 프랑스어 선생인 아캉브레 신부님 덕분에, 나는 다른 학생들에게는 금지된 『보바리 부인』을 읽어도 된다는 특별 허락을 받는다. 나는 학교장이자 수도참사회원인 자넹 씨가 '승인-2학년' 이라고 서명한 그 책을 간직했다. 아캉브레 신부는 내게 모리악의 소설 『바다로 가는 길』[5]을 권했는

4. *Le Blé en herbe*, 콜레트의 소설.
5. *Les Chemins de la mer*.

데, 무척 좋았고 특히 결말이 마음에 들었다. 지금까지도 마지막 문장 "……옛날 캄캄한 새벽처럼"을 기억할 정도로. 그는 내게 『뿌리 뽑힌 사람들』[6]도 권했다. 그는 내가 그리워한 것이 솔로뉴나 발루아의 마을, 아니 차라리 내가 그런 마을에 대해 품고 있던 꿈이라는 걸 느꼈던가? 기숙사 내 침대 머리맡 탁자에는 파베세[7]가 쓴 『삶이라는 직업』[8]이 놓여 있었다. 이 책은 금지되지 않는다. 『마농 레스코』[9] 『불의 딸들』[10] 『폭풍의 언덕』 『시골 사제의 일기』[11].

한 달에 한 번 있는 몇 시간의 외출, 일요일 저녁의 버스는 나를 다시 학교로 데려다놓는다. 나는 베이리에뒤락의 시청 옆, 커다란 나무 아래서 그 버스를 기다린다. 종종 자리가 없어 서서 타고 가야 한다. 농부들은 시내에서 일요일을 보내고 자기네 농가로 돌아간다. 어둠이 내린다. 버스는 망통생베르나르 성과 알렉스의 작은 묘지, 글리에르 고원[12] 영웅들의 묘지 앞을 지난다. 일요일 저녁의 이 버

---

6. *Les Déracinés*, 모리스 바레스의 소설.
7. Cesare Pavese, 이탈리아 작가.
8. *Le Métier de vivre*.
9. *Manon Lescaut*, 아베 프레보의 작품.
10. *Les Filles du feu*, 제라르 드 네르발의 작품.
11. *Le Journal d'un curé de campagne*, 조르주 베르나노스의 소설.

스들과 안시-파리 간 기차들은 독일 점령 치하에서처럼 만원이다. 게다가 버스와 기차는 예전과 거의 똑같다.

기숙사에 있던 나는 전반적인 공포 분위기를 틈타 학교에서 도망칠 생각으로, 소형 트랜지스터라디오를 들으며 알제 쿠데타의 추이를 주시한다. 그렇지만 그 다음주 일요일 저녁, 프랑스 국내는 다시 질서가 확립된다.

기숙사의 야등. 방학이 끝나고 다시 기숙사로의 귀환. 첫날밤이 고통스럽다. 잠을 이루지 못하고 깨어 있으며, 지금 있는 곳이 어디인지도 모르겠다. 켜져 있는 야등이 그런 사실을 당신에게 거칠게 일깨운다. 21시에 소등. 침대는 너무 작다. 여러 달 동안 갈지 않은 시트에서는 악취가 풍긴다. 의복도 마찬가지다. 6시 15분 기상. 그리고 일렬로 늘어선 수도꼭지 위로 물통이 있는, 10미터 길이의 세면대 앞에서 찬물로 간단한 세수. 학습. 아침식사. 금속제 볼에 담겨 나오는 블랙커피. 버터는 없다. 아침 레크리에이션 시간에는 학교 안마당에서 끼리끼리 무리를 지어 『레코』나 『리베르테』와 같은 신문을 읽을 수 있다. 16시,

---

12. 1944년 1월 레지스탕스 투쟁을 위한 공수부대 낙하지점, 1944년 3월 이 지역에서 전투로 레지스탕스 149명이 전사했다.

마른 빵 한 조각과 블랙 초콜릿 한 조각이 나오는 급식. 저녁식사로는 폴렌타[13]가 나온다. 배고파 죽을 지경이다. 현기증이 난다. 어느 날인가 몇몇 학생과 함께 우리는 경리 담당인 브롱 신부를 찾아가 먹을 것이 충분치 않다고 말한다. 목요일 오후에는 톤 부근에서 학급 산책이 있다. 나는 그 시간을 이용해 마을에서 『레 레트르 프랑세즈』『아르』『누벨 리테레르』지를 산다. 나는 그 잡지들을 첫 줄에서 마지막 줄까지 읽는다. 그 모든 주간지들은 내 침대 옆 탁자 위에 쌓인다. 점심식사 이후의 레크리에이션 시간에 나는 트랜지스터를 듣는다. 저 아래, 나무들 너머로 제재소의 단조로운 신음소리. 학교 운동장으로 끊임없이 비가 내리는 나날들. 줄지어 선, 문이 닫히지 않는 터키 식 화장실들. 저녁이면 줄지어 숙소로 들어가기 전 예배당에서 기도. 6개월 동안이나 내리는 눈. 눈을 볼 때마다 나는 눈에서 항상 뭔가 감동적이고 다정한 것을 발견했다. 그리고 그해에는 트랜지스터에서 한 곡의 노래, '아니, 난 이제 사라진 무도회의 이름은 기억하지 않아요……'[14]

---

13. 옥수수, 조, 밤 따위의 가루로 만든 이탈리아 죽의 일종.
14. 부르빌의 상송 〈작은 무도회〉의 가사.

학기 중 나는 안달루시아에서 뜨문뜨문 보내오는 어머니의 편지를 받는다. 학교로 직접 부친 두세 통을 제외하면, 편지는 대부분 베이리에뒤락에 있는 게랭 씨 집으로 보내온다. 보내고 받는 편지들은 개봉되고, 수도참사회원 자넹 씨는 남편도 없이 안달루시아에 가 있는 어머니를 이상한 여자라고 판단한다. 어머니가 세비야에서 보낸 편지에는 이렇게 쓰여 있다. "몽테를랑[15]의 작품을 읽기 시작했겠구나. 네가 그 작가에게서 배울 것이 많으리라 생각한다. 아들아, 내 말을 진지하게 들으렴. 제발 몽테를랑을 읽으려무나. 좋은 충고를 얻을 수 있을 게다. 이를테면 젊은 남자가 여자를 대할 때 어떻게 처신해야 하는지 하는 것 말이다. 정말이지 몽테를랑의 『젊은 처녀들』[16]을 읽으면 많은 것을 배우게 될 게다." 나는 어머니의 성화에 무척 놀랐다. 어머니는 몽테를랑의 글은 단 한 줄도 읽지 않았으니까. 내게 그런 조언을 하라고 바람을 넣은 사람은 어머니 친구 중 하나인 신문기자 장 코였다. 지금 나는 무척 당혹스럽다. 몽테를랑이 성적(性的)인 문제에서 나의 가

15. Henry de Montherlant, 프랑스의 소설가로 행동주의 작가.

16. *Les Jeunes filles*.

이드가 되기를 장 코는 정녕 원했던 것일까? 그래서 나는 순진하게 『젊은 처녀들』을 읽었다. 몽테를랑의 작품 중에서 나는 『파리의 색인』[17]을 더 좋아한다. 1961년 어머니는 부주의하게도 수도참사회원이 미심쩍어할 또 다른 편지를 보낸다. 그 편지에는 어머니가 페르낭 그라베와 함께 순회공연하는 연극 〈키코타의 표시〉[18]에 관한 신문 기사를 오려낸 것들이 들어 있다.

1960년 크리스마스. 아버지, 아버지의 여자친구와 함께 로마에 간다. 아버지보다 스무 살이나 젊고 매우 신경질적인 그 이탈리아 여자는 머리 색이 노랗고 외모는 밀렌 드몽조[19]를 닮았다. 베네토 거리 부근의 나이트클럽에서 찍은 크리스마스이브 파티 사진 한 장이 그때의 여행을 이야기한다. 사진 속의 나는 생각에 잠긴 듯한데, 사십 년이 지난 지금 나는 대체 내가 거기서 뭘 하고 있었는지 궁금하다. 나는 그 사진이 몽타주라고 생각하며 스스로를 달랜다. 밀렌 드몽조의 닮은꼴은 첫 번째 혼인이 무효임을 종교적으로 인정받고 싶어한다. 어느 날 오후, 난 그녀를 따

17. *Le Fichier parisien*.
18. *Le Signe de Kikota*, 로제 페르낭의 희곡.
19. 프랑스의 여배우.

라 바티칸 부근에 있는 펜돌라 추기경의 집으로 간다. 수단을 걸치고 있고 또 서재에는 교황이 친히 하사한 사진이 걸려 있음에도 불구하고 그 사람은 아버지가 클라리지에서 만나곤 하던 모리배 같다. 그 크리스마스에 아버지는 내 손이 심한 동상에 걸린 것을 보고 무척 놀란 듯 보였다.

또다시 여름방학까지 기숙 생활. 7월 초, 어머니가 스페인에서 돌아온다. 나는 제네바 공항까지 어머니를 마중하러 간다. 어머니는 피부가 갈색으로 그을렸다. 어머니는 베이리에뒤락의 게랭 씨 댁에 머문다. 어머니에게는 땡전 한 푼 없다. 기껏해야 구두 한 켤레뿐이다. 스페인 체류에서 얻은 것은 없으면서도 거만함은 전혀 잃지 않았다. 어머니는 턱을 꼿꼿이 세우고 안달루시아와 투우사에 관한 '멋진' 이야기들을 풀어놓는다. 하지만 그 허세와 자유분방함 아래에 숨은 마음은 따뜻하지 않았다. 아버지는 동업을 하는 필립 드 D. 후작과 함께 부근에서 며칠 지낸다. 갈색 머리 애인을 대동한 후작은 금발에 키가 크고 콧수염을 기른 데다 목소리가 우렁찼다. 후작은 스위스로 가기 위해 내 아버지에게 여권을 빌린다. 두 사람은 키도 같고 똑같이 콧수염을 길렀고 체격도 같다. 그런데 D.는 비제르트 사건[20]으로 위기에 빠진 튀니지를 막 빠져나오다 신분증명 서류를 분실했었다. 탈루아르에 있는 페르 비즈의 테라스에서 아버지와 필립 드 D. 그리고 그 갈색 머리 애인 사이에 선 내 모습을 다시 보며, 다시 한 번 내가 거기서 무엇을 하고 있었는지 궁금해진다. 8월, 어머니와 나는 전쟁이 터지기 전 우리를 작은 별장으로 초청하곤 했던 어머니 친구의 가족들이 사는 노케르주트로 떠난다. 그 사람들은 친절하다. 그렇지 않았다면 우리는 별을 보며 노숙을 하거나 혹은 구세군 회관에서 자야 했을 것이다. 고카트(gokart)를 자주 타던, 유복하지만 어설픈 젊음. 요트 조정자처럼 경쾌한 몸짓의 헨트[21] 출신 기업가들이 영어식 억양을 내려 애를 쓰며 프랑스어로 인사를 주고받았다. 어머니의 젊었을 적 친구 중 하나로 방탕한 늙은 아이 같은 사람이 오스텐데 쪽의 모래언덕 너머에서 나이트클럽을 운영하고 있었다. 그후 나는 홀로 오트사부아 지방으로 돌아온다. 어머니는 다시 파리로 간다. 내게는 생조제프 학교에서의 새 학년이 시작된다.

1961년 만성절 휴가. 비와 녹아내리는 눈 속의 안시, 루

---

20. 비제르트는 1961년 프랑스 해군기지가 있던 튀지니의 도시로, 기지 폐쇄를 요구하는 튀니지군과 프랑스군 사이에 발생한 무력충돌.

21. 벨기에의 도시.

아얄 거리. 서점 진열장 안에는 '그리고 그의 기분전환 : 에로티시즘'이라는 띠지가 붙은 모라비아의 소설 『권태』. 우울한 만성절 휴가 동안, 나는 『죄와 벌』을 읽는데, 그것만이 유일한 나의 위안거리이다. 나는 옴에 걸린다. 안시의 연감을 뒤적여 이름을 찾아낸 여의사를 만나러 간다. 의사는 쇠약해진 내 건강 상태를 보고 놀란 듯하다. 그녀는 내게 "부모가 있어요?" 하고 묻는다. 의사의 호의적인 태도와 어머니와 같은 다정함 앞에서 나는 눈물을 쏟지 않으려 참아야 한다.

1962년 1월, 운 좋게도 어머니가 보낸 편지 한 통이 수도참사회원인 자넹 씨의 손을 거치지 않았다. "이번 주에는 네게 전화를 못했다. 집에 없었거든. 금요일 밤에는 리트박[22]이 연 칵테일 파티에 갔었다. 자기 영화를 찍은 스튜디오에서 열었더구나. 그리고 트뤼포 감독의 영화 〈쥘과 짐〉의 시사회에도 갔었다. 오늘 밤에는 국립민중극장에서 공연하는 칼데롱의 연극을 보러 간다…… 네 생각을 하며, 네가 얼마나 열심히 공부하는지 다 안다. 얘야, 힘내렴. 부르빌과의 연극 공연을 거절한 것은 하나도 아쉽지가

22. 율 브린너, 데보라 카가 주연한 영화 〈여로〉의 감독.

않구나. 만일 그런 천박한 역할을 맡았다면 난 너무도 불행했을 거야. 다른 걸 찾았으면 좋겠다. 애야, 내가 널 잊고 있다고 생각하진 말아라. 다만 시간이 너무 없어 네게 소포를 보내지 못하는 것이란다."

1962년 2월, 나는 참회 화요일[23] 휴가를 이용해, 열이 39도까지 오르는데도 파리 행 만원 열차를 탄다. 아픈 내 모습을 보고 부모님이 얼마 동안 파리에서 지내는 걸 허락해주기를 바란다. 어머니 아파트는 4층이었는데, 푹 꺼진 소파 이외에 가구라곤 전혀 없다. 아버지는 밀렌 드몽조처럼 생긴 여자와 5층에서 산다. 어머니 집에서 나는 OAS[24]의 테러 때문에 경호원의 보호를 받는 신문기자 장 코를 다시 만난다. 예전에 사르트르의 비서였다는 그는 살쾡이 머리에 투우사에 푹 빠진 야릇한 사람이다. 열네 살 때 나는 그에게, 스타비스키[25]의 아들이 내 기숙사 동료로 가명을 쓰고 있으며, 자기 아버지가 아직도 남미 어딘가에 살아 있다는 사실을 털어놓았노라고 믿게 만들었다. 그는 특종을 잡으려는 희망에, 무슨 일이 있어도 꼭 '스타비스키

23. 사육제의 마지막 날.

24. 알제리 독립에 반대하는 비밀 군사 조직.

25. 러시아계 유대인으로 대형 금융사기의 주범.

의 아들' 을 만나보겠다며 4CV를 몰고 학교로 왔었다. 그 해 겨울, 내가 열한 살 때 나보고 세리 누아르[26]를 읽으라고 했던 어머니의 친구 장 노르망(일명 장 뒤발)을 다시 만나게 된다. 1956년 당시에는 그가 막 출소했다는 사실을 알 수 없었다. 또 미레유 우루소프도 있다. 그녀는 거실의 낡은 소파에서 잠을 잔다. 스물여덟이나 서른 살쯤의 갈색 머리 여자. 어머니는 안달루시아에서 그녀를 알게 되었다. 그녀는 말콤 라우리의 소설 속 인물처럼 '쿠바 리브르' [27]를 마셔대기 때문에 '집정관' 이라는 별명이 붙은 러시아인 에디 우루소프와 결혼했다. 두 사람은 토레몰리노스에서 작은 호텔바를 경영한다. 그녀는 프랑스 사람이다. 그녀의 설명으로는 열일곱 살 때 바칼로레아 시험을 치르는 날 아침 자명종 시계가 울리지 않았다고 한다. 그래서 정오까지 잤단다. 그곳은 랑드 평야가 있는 곳 인근이었다. 밤에 어머니는 나가고 없고, 나는 미레유 우루소프와 함께 남겨진다. 그녀는 움푹 꺼진 작은 소파에서 쉽게 잠을 이루지 못한다. 내게는 커다란 침대가 있다…… 어느

26. 1945년부터 갈리마르 출판사에서 내기 시작한 추리소설 전집.
27. 럼주에 레몬과 콜라를 섞은 칵테일.

날 아침, 나는 그녀와 함께 오데옹 광장에 있다. 집시 여인 하나가 생앙드레 쇼핑몰 아케이드 아래에서 우리의 손금을 봐준다. 미레유 우루소프는 내게 십 년 후에 나를 알게 되었으면 재미있었을 것이라고 말한다.

3월의 단조로움 속에 톤으로 돌아온다. 안시 주교가 학교로 공식 방문을 한다. 우리는 그의 반지에 입을 맞춘다. 연설. 미사. 그리고 수도참사회원 자넹 씨가 뜯어보지 않은 아버지의 편지 한 통을 받는다. 현실과 딱 맞아떨어지는 것이었다면, 좋은 아버지가 착한 아들에게 보내는 편지였을 것이다. "1962년 5월 2일. 사랑하는 파트릭, 우리는 서로 모든 걸 솔직하게 털어놓아야 한다. 불행하게도 너무나 많은 가정에서 가족들이 서로 남남이 되고 있지 않니. 그것을 막을 유일한 방법은 대화뿐이란다. 네가 나중에 무엇이 될지, 그리고 네 인생의 방향을 어떻게 잡아야 할지, 네가 지금 너 자신에게 던지는 문제를 말해주어 기쁘구나. 넌 한편으로 직업을 갖기 위해서 학위가 필요하다는 것을 이해했고, 또 다른 한편으로는 책이나 희곡을 써서 네 자신을 표현하고 싶은 욕망을 느끼며, 전적으로 그 일에 몰두하고 싶다고 했지. 대단히 큰 문학적 성공을 거둔 대부분의 사람들은, 극히 드문 예외를 제외하면 학업 성적도 무척 뛰어났단다. 너도 나처럼 그런 예를 많이 알고 있겠지. 만일 사르트르가 학업을 계속하지 않아 철학 교수자격시험에 통과하지 못했다면, 그의 책 중 어떤 것은 아마 쓰이지 못했을 것이다. 클로델은 '시앙스 포'를 뛰어난 성적으로 졸업한 후 젊은 일본 대사관원으로 있으면서 『비단신』[28]을 썼다. 공쿠르 상을 탄 로맹 가리는 '시앙스 포'의 졸업생으로 미국 영사란다." 아버지는 내가 농업 기사가 되길 바랐을 것이다. 아버지는 그게 장래성 있는 직업이라고 생각하고 있었다. 아버지가 그토록 학업을 중요시한 것은 아버지 자신이 배운 적이 없는 데다가, 깡패가 자기 딸만은 기숙학교에 보내어 '자매님'들의 교육을 받게 하고 싶어하는 심정과 비슷할 것이다. 아버지는 오트빌 주거단지와 프티조텔 가[29] 그리고 고요한 가운데 나무 아래로 분수의 속삭임이 들리는 트레비즈 주거단지[30]에서 사용하는 경박한 파리 말투로 말했다. 때때로 은어를 사용하기도 했다. 하지만 아버지는 출자자들에게 신뢰감을 불러일으킬

---

28. *Le Soulier de satin*.
29. 파리 10구의 거리로, '작은 호텔들'이라는 뜻. 작은 호텔들이 대칭을 이루고 있어서 생긴 이름이다.
30. 파리 9구에 위치한 지역.

수 있었다. 왜냐하면 아버지의 태도는 상냥하고 침착하며, 또 훤칠한 키에 옷차림 또한 매우 단정했기 때문이다.

나는 안시에서 바칼로레아를 치른다. 그것이 나의 유일한 학위가 될 것이다. 7월의 파리. 아버지. 어머니. 어머니는 도누 극장에서 〈삐걱거리는 문들〉의 재공연에 출연한다. 밀렌 드몽조의 닮은꼴 여자. 내가 알제리 전쟁 막바지에 관한 기사를 읽는 몽소 공원. 불로뉴 숲. 나는 『밤의 끝으로의 여행』[31]을 발견한다. 혼자 파리의 거리를 걷노라면 나는 행복하다. 8월 어느 일요일, 남동쪽을 향해, 주르당 대로와 켈레만 대로, 훨씬 나중에 내가 잘 알게 되는 그 동네, 나는 그곳 신문 가판대에서 매릴린 먼로의 죽음을 알게 된다.

8월, 안시. 클로드. 1962년 그해 여름 그녀는 스무 살이었다. 그녀는 리옹의 어느 양장점에서 일하고 있었다. 그 후 그녀는 '잘 나가는' 모델이 되었다. 파리로 올라온 후로는 그저 평범한 모델에 지나지 않았지만, 나중에 그녀는 시칠리아 출신 대공과 결혼해서 시간이 영원히 멈춰버린 로마에서 살기 위해 떠났다. 로베르. 그는 '아주머니' 자

---

31. *Voyage au bout de la nuit*, 셀린의 소설.

격을 달라고 큰소리로 요구해 안시에서 스캔들을 일으키곤 했다. 그는 그 시골 도시의 파리아[32]였다. 1962년 같은 해 여름, 그는 스물여섯 살이었다. 그는 내게 『꽃들의 노트르담』[33]에 나오는 '디바인(Divine)'을 떠올리게 했다. 아주 젊었을 적 그는 안시의 임페리얼 팰리스에 묵고 있던 벨기에 남작 장 L.의 친구가 되었는데, 1939년에 앙베르에서 어머니가 바로 그 남작에게 남자를 대주던 자를 알게 되었다. 나는 1973년 로베르를 다시 만났다. 어느 일요일 저녁, 제네바에서 우리는 그의 차를 타고 베르그 다리를 건너갔는데, 그가 만취한 상태라 우리는 하마터면 론 강으로 추락할 뻔했다. 그는 1980년에 죽었다. 그의 얼굴에는 구타의 흔적이 남아 있었고, 경찰은 그의 친구들 중 한 명을 체포했다. 나는 신문에서 그 기사를 읽었다. '소설 속 인물의 실제 죽음'.

마리라는 소녀가 있다. 여름에 그녀는 일이 끝나면 저녁 일곱시 라가르 광장에서 나처럼 버스를 타곤 했다. 베이리에뒤락으로 돌아가는 것이다. 나는 그 버스에서 그녀를 알

32. 인도 카스트 제도에 들지 못하는 최하층민.

33. *Notre-Dame-des-Fleurs*, 호모들의 사랑을 그린 장 주네의 소설.

게 되었다. 나보다 나이가 조금 더 많을까 싶은데, 그녀는 벌써부터 타자수로 일을 했다. 그녀가 쉬는 날이면 우리는 베이리에뒤락의 작은 호반에서 만나곤 했다. 그녀는 모루아가 쓴 『영국사』[34]를 읽었다. 그리고 내가 사다준 사진 소설집들도.

스포르팅이나 타베른에서 얼굴을 볼 수 있는, 바람에 날려온 내 나이 또래의 사람들은 아래와 같다. 1944년 그랑보르낭에서 총살된 비시 정권하의 친독 의용대원의 아들로, 일명 '후작'이라 불린 자크 L. 둥근 장식이 달린 단장을 들고 다니던 피에르 푸르니에. 그리고 알제리 전쟁 세대에 속하는 클로드 브룅, 자지, 파울로 에르비외, 로지, 피에르 브라쇠르의 애인이었던 라예예트. 검은 가죽 재킷을 입은 갈색 머리 도미니크는 아케이드 아래를 지나치곤 했고, 그럴 때 사람들은 그녀가 제네바에서 '자신의 매력을 이용해' 산다고 말하곤 했다…… 클로드 브룅과 그의 친구들. 비텔로니들.[35] 그들이 숭배하는 영화는 〈아메리카 미인〉[36]이었다. 알제리 전쟁에서 돌아오면서 그들은 MG

34. *L'Histoire d'Angleterre*.

35. 전쟁 이후 직업 없이 바에서 시간을 보내는 젊은이들을 뜻하는 말로 페데리코 펠리니 감독의 영화 제목이기도 하다.

중고차를 샀다. 그들은 날 태우고 축구 '야간' 경기를 보러 갔다. 그들 중 한 명이 보름 만에 도지사의 아내를 유혹해서 베르됭에 있는 그랜드 호텔로 데리고 오자는 내기를 걸었고, 그는 그 내기에서 이겼다. 또 다른 치는 유력인사의 미망인인 부유하고 무척 예쁜 여자를 애인으로 두고 있었는데, 그녀는 겨울마다 카지노 2층에 있는 브리지 클럽을 자주 드나들곤 했다.

나는 버스를 타고 제네바에 가곤 했는데, 몇 번은 아버지와 동행했다. 우리는 피카르라는 이름의 사내와 함께 이탈리아 식당에서 식사를 했다. 오후에 아버지는 약속이 있었다. 60년대 초의 제네바는 이상했다. 알제리인들이 론 호텔 홀에서 작은 소리로 이야기를 나누고 있었다. 나는 옛 시가지 쪽으로 산책을 나가곤 했다. 사람들 이야기로는 내가 사랑하게 된 갈색 머리 도미니크가 밤마다 글라시드리브 58번지의 클럽에서 일한다고 했다. 돌아가는 길, 석양 무렵 버스는 세관의 검문도 받지 않고 국경을 넘었다.

1962년 여름, 어머니가 순회공연차 안시로 왔다. 어머니는 장 마르샤, 표범 가죽 무늬 수영복을 입은 '미남' 축

---

36. 로베르 데리 감독의 1961년도 프랑스 영화.

에 끼는 금발의 미셸 플람과 함께 사샤 기트리의 〈신사분들, 귀를 기울이세요〉라는 연극을 카지노 극장에서 공연하기로 했다. 미셸은 스포르팅의 간이식당에서 우리에게 시원한 것을 사주기도 했다. 방학이 끝난 후, 일요일에 나는 클로드와 함께 파키에[37]의 잔디밭을 따라 산책을 했다. 벌써 가을이었다. 우리는 그녀의 친구가 일하고 있는 도청 앞을 지나쳤다. 안시는 다시 시골 도시로 되돌아가고 있었다. 파키에에서 우리는 항상 혼자 있는 늙은 아르메니아인과 마주치곤 했는데, 클로드 말로는 그가 부유한 상인이며 딸들과 가난한 사람들에게 많은 돈을 준다고 했다. 그리고 알레마노[38]에서 제작한 재키 게랭의 회색 자동차가 영원히 달릴 것처럼 호수 주위를 천천히 돈다. 나는 그리운 감정 없이 빠른 목소리로 그 년도들을 하나하나 이야기하리라. 말이 엉킨다 해도 내 잘못은 아니다. 빨리 이야기해야 한다. 그렇지 않으면 다시는 그럴 용기가 나지 않을 것이다.

37. 7만5천 제곱미터에 달하는 안시의 산책로.
38. 1928년 설립되어 1965년 문을 닫은 이탈리아 자동차 공장.

9월, 파리로 온 나는 부모가 겨우 몇백 미터 떨어진 곳에 사는데도 기숙 학생으로 앙리4세 고등학교에 들어간다. 내가 기숙사 생활을 하는 것도 이제 6년째다. 이전 학교들에서도 매우 힘든 훈련을 거쳤지만, 앙리4세 학교에서처럼 기숙사 생활이 고통스러웠던 적은 없었다. 특히 통학생들이 커다란 교문을 지나 거리로 나가는 것을 보는 그 시간이 고통스러웠다.

함께 기숙사 생활을 하던 친구들은 이제 잘 기억나지도 않는다. 사르그민[1] 출신의 사내아이 셋이 고등사범학교

1. 프랑스 북동부 로렌 지방의 도시.

준비를 하고 있었던 것 같다. 우리 반에 있는 마르티니크[2] 출신 학생이 그들과 종종 어울렸다. 또 다른 한 학생은 줄곧 파이프 담배를 피웠는데, 그는 회색 셔츠를 입고 검은색 펠트 슬리퍼를 신고 다녔다. 들리는 말로는 삼 년 동안 학교 테두리를 벗어나지 않았다고 했다. 어렴풋이나마 기숙사 방을 함께 쓰던 빨간 머리의 키 작은 친구도 생각나는데, 이삼 년 후인가 생미셸 거리에서 졸병 군복을 입고 비를 맞고 서 있는 모습을 멀리서 본 적이 있다…… 소등 시간 이후에는 야간 경비원이 손에 랜턴을 들고 기숙사 방들을 가로질러 다니며, 혹시 잠자리에서 이탈한 학생이 있는지를 살폈다. 1962년 가을이었지만, 19세기이기도 했고 어쩌면 훨씬 더 오래전이었는지도 모른다.

아버지는 딱 한 번 학교로 날 찾아왔었다. 교장선생님이 입구 현관에서 아버지를 기다려도 된다고 허락했다. 교장은 아도니스 델포스라는 예쁜 이름을 가진 사람이었다. 거기 현관 아래로 아버지의 실루엣이 어른거리지만, 마치 중세 수도원과 같은 배경에 아버지가 있다는 것이 비현실적으로 여겨져 나는 아버지의 얼굴을 분간하지 못한다. 머리

2. 프랑스의 해외 주(州).

없는 키 큰 남자의 실루엣. 그때 면회실이 있었는지는 모르겠다. 나는 우리의 만남이 2층에 있는 도서관으로 쓰이던 방이나 혹은 연회실에서 이루어졌다고 생각한다. 우리 단둘이 서로 마주보며 한 테이블에 앉아 있었다. 나는 아버지를 학교 교문까지 마중했다. 아버지는 팡테옹 광장으로 멀어져갔다. 어느 날, 아버지는 자신도 열여덟 살 때는 에콜 가가 있는 동네를 자주 드나들었노라고 털어놓았다. 아버지에게는 식사대용으로 뒤퐁라탱 카페에서 크루아상 몇 개와 카페오레 한 잔을 마실 돈만 있었다. 그 당시 아버지는 결핵의 징후를 보이고 있었다. 나는 눈을 감고 아버지가 똑똑한 고등학생들과 악시옹 프랑세즈[3]의 여학생들 사이로 생미셸 대로를 거슬러 올라가는 모습을 상상한다. 아버지만의 라탱 가, 그것은 차라리 비올레트 노지에르의 구역이다. 아버지는 종종 대로에서 그녀와 마주쳤을 것이다. "페늘롱 고등학교의 아름다운 여학생으로 책상 서랍 속에 박쥐를 키우고 있던" 비올레트.

아버지는 가짜 밀렌 드몽조와 재혼한다. 두 사람은 우리 어머니가 사는 곳 바로 위인 5층에 살림을 차린다. 부모님

---

3. 왕당파, 민족주의적 성격이 강한 학생 연합.

이 함께 사실 때는 그 두 층이 한 아파트였다. 1962년까지만 해도 두 아파트는 아직 분리되지 않은 상태였다. 이제는 폐쇄된 문 뒤에는, 1947년 아버지가 4층을 세주기 시작했을 때 만든 내부 계단이 그대로 남아 있다. 가짜 밀렌 드몽조는 내가 통학하면서 계속 아버지와 만나는 것을 좋아하지 않는다. 기숙사 생활을 한 지 두 달 후에 나는 아버지로부터 편지 한 통을 받는다. "알베르 로돌프 모디아노, 케 드 콩티 15번지, 파리 6구. 널 기숙사에 두겠다는 내 결정을 철회하지 않는다면 다시 학교로 들어가지 않겠노라는 네 결심을 나한테 알리려고 9시 15분에 올라왔더구나. 12시 30분경에 또다시 앞서의 네 결심을 다짐했고 말이다. 네 태도는 정말 막돼먹었구나. 그런 치졸한 방법에 내가 양보를 하리라 생각했다면, 그건 순전히 네 헛된 꿈이다. 그러니 널 위해서 엄중히 충고하건대, 교장선생님에게 감기 걸려서 학교를 빠졌다고 사과하고 내일 아침 당장 학교로 돌아가거라. 시킨 대로 하지 않으면 후회할 거라고 단호히 경고한다. 넌 열일곱 살이고 미성년자이며, 나는 네 아버지이고 네 학업에 대해 책임을 지고 있다. 교장선생님을 찾아뵐 생각이다. 알베르 모디아노."

1962년의 그 10월에 어머니에게는 돈도 없고, 극장 계약도 전혀 없다. 그리고 아버지는 내가 기숙사로 다시 돌아가지 않으면 내 양육비를 더 이상 내지 않겠노라고 협박한다. 오늘에서야 곰곰 생각해보니, 내가 아버지에게 커다란 대가를 치르게 하지는 않았던 듯하다. 고작해야 얼마 되지 않는 기숙사 비용. 하지만 50년대 말, 예전에 벨기에에서 노동자로 은퇴한 할아버지가 가끔 내게 보내주었던 옛날 화폐 몇천 프랑을 내게 빌릴 정도로 완전 '무일푼' 이 된 아버지를 보았던 기억이 난다.

나는 기숙사 '파업'을 계속한다. 어느 날 오후, 어머니와 내게는 한 푼도 없다. 우리는 튈르리 공원을 거닌다. 최후의 수단으로 어머니는 친구 쉬잔 플롱에게 도움을 청하기로 결심한다. 우리는 지하철 표를 살 잔돈조차 없어, 쉬잔 플롱의 집까지 걸어간다. 그녀는 복층 테라스가 있는 조르주5세 거리의 아파트에서 우리를 맞는다. 마치 배의 갑판에 있는 듯하다. 우리는 그녀의 집에서 저녁식사를 한다. 어머니는 연극적이면서도 단호한 몸짓으로 굳건히 버티고 서서 신파극 같은 어조로 그녀에게 우리의 '불행' 을 얘기한다. 쉬잔은 그러한 상황에 안타까워하며 호의를 가지고 귀를 기울인다. 그리고 우리 아버지에게 편지를 쓰겠다고 한다. 그녀는 어머니에게 돈을 준다.

이어지는 몇 달 동안, 아버지는 나를 기숙사에서 영원히 나오게 하는 결정을 내려야 한다. 내가 열한 살 때부터 들락거렸던 기숙사에서 말이다. 아버지는 여러 카페에서 나와 만날 약속을 정한다. 아버지는 거듭해서 나와 어머니에 대해 유감을 표시한다. 나는 우리 사이에 어떤 친밀감을 형성하는 데 성공하지 못한다. 매번 어쩔 수 없이 아버지에게 50프랑짜리 지폐 한 장을 구걸하고, 아버지가 마지못해 건네준 돈을 나는 어머니에게 가져다준다. 어떤 날에는 아무것도 가져다주지 못하는데, 그러면 어머니는 불같이 화를 낸다. 매우 일찍부터—열여덟 살 때 이후 몇 년 동안—나는 내 힘으로 장 라신[4]의 초상이 그려진 그 불행한 50프랑 지폐를 어머니에게 구해다 드리려고 애쓴다. 하지만 어머니가 내게 번번이 보여주었던 그 공격성과 쌀쌀함은 없어지지 않는다. 한 번도 나는 어머니에게 내 마음을 털어놓을 수도, 그 어떤 도움을 요청할 수도 없었다. 혈통도 없이 지나치게 오랫동안 혼자 내버려졌던 개처럼, 이따금 나는 어머니의 매몰참과 모순된 행동 때문에 내가 겪어야 했던 일을 분명히 그리고 상세하게 글로 쓰겠다는 치졸

4. 프랑스 17세기 비극 작가.

한 유혹을 느끼기도 한다. 이제 그 모든 건 너무나 아득하다…… 나는 고등학교 다닐 때 레옹 블루아[5]의 다음과 같은 문장을 옮겨 적었던 기억이 난다. "인간의 초라한 마음속에는 아직 존재하지 않는 장소들이 있고, 그 장소들이 존재할 수 있도록 고통이 그곳에 들어온다." 하지만 거기서 그 고통은 아무 쓸모없는, 그것으로 시를 지을 수조차 없는 그런 것들이었다.

분명 빈곤이 우리를 가깝게 만들었으리라. 어느 해—1963년—아파트에 가스가 끊긴다. 어쩔 수 없이 공사를 해야 한다. 하지만 어머니는 공사비가 없다. 나도 마찬가지다. 우리는 알코올버너로 요리를 한다. 겨울에 난방장치를 켜지도 못한다. 돈 한 푼 없는 생활은 오랫동안 우리를 따라다닌다. 1970년 1월 어느 날 오후, 굶주리다 못한 우리는 피에르샤롱 가에 있는 전당포에 가서, 모리스 슈발리에가 문학상 시상식 때 내게 건네준 '다이아몬드 촉이 달린 금' 만년필을 맡긴다. 전당포에서는 고작 200프랑을 내주는데, 어머니는 독살스런 눈을 치켜뜬 채 그 돈을 챙긴다.

---

5. 가톨릭 문학에 경도된 20세기 프랑스 소설가.

우리는 그 몇 년 내내 '집세의 불안'을 겪었다. 전쟁 전부터 부분부분 파손되어 있던 그 낡은 아파트의 집세는 당시에는 그리 큰돈이 아니었다. 이후 1966년부터 동네와 상점들과 주민들이 바뀜에 따라 점점 인상되었다. 너무나 시시콜콜 밝힌다고 불만을 품지 않기를 바란다. 집세 인상이 내게 근심을 안겨주긴 했지만, 그 근심은 이내 사라졌다. 왜냐하면 나는 기적을 믿었고, 또 발자크처럼 일확천금에 대한 꿈속에 종종 빠져들었기 때문이다.

아버지와의 가슴 아픈 만남 이후에, 우리는 아파트에 절대 함께 들어가지 않는다. 아버지가 먼저 들어가고, 아버지의 지시에 따라 난 잠시 기다리며 집들이 닥지닥지 달라붙은 동네를 한 바퀴 돈다. 아버지는 가짜 밀렌 드몽조에게는 우리가 만났다는 사실을 숨긴다. 평소대로 나는 아버지와 단둘이서만 만난다. 어느 날 필립 드 D. 후작과 식사를 할 때, 식사를 두 군데 식당에서 나누어 한다. 즉 루브르 강변도로에 있는 식당과 그랑조귀스탱 강변도로에 있는 식당, 이렇게 두 군데로 나누어서 하는 것이다. 아버지는 내게 필립 드 D.가 여러 사람들을 만나기 위해 점심식사를 여러 식당에서 하는 습관이 있다고 설명해준다. 그러니까 한 식당에서는 앙트레를, 다른 식당에서는 메인 요리를, 그리고 디저트를 위해서는 다시 식당을 바꾼다는 것이다. 우리가 필립 드 D.를 따라 루브르 강변도로 쪽에서 그랑조귀스탱 강변도로 쪽으로 간 날, 그는 군복 상의 같은 것을 입고 있었다. 그는 자신이 전시에 노르망디니에망의 전투비행중대 소속이었다고 주장한다. 종종 아버지는 주말을 루아르아틀랑티크에 있는 D.의 성에 가서 보낸다. 심지어 전혀 능력이 되지 않는데도 불구하고 여우 사냥에 참가하기도 한다. 솔로뉴의 폴 베르톨 씨의 집에서 그의 아내와 날레슈 백작과 함께 보냈던 1959년의 며칠을 기억한다. 그곳에서 나는 아버지가 날 버리지나 않을까, 그 사냥꾼들이 날 자기들의 기마 사냥에 끌고 가지나 않을까 두려워했다. 폴과 '사업'을 같이 했듯이, 아버지는 필립 드 D.하고도 '사업'을 같이 한다. 아버지 말에 따르면 D.는 타락한 가문의 아들로 젊었을 땐 감옥까지 갔다 왔다고 했다. 나중에 아버지는 내게 『탐정』이라는 오래된 잡지에서 오려낸 사진 한 장을 보여주는데, 그 사진 속에서 D.는 손목에 수갑을 차고 있다. 하지만 당시에 D.는 막 자신의 할머니(W.에게서 태어난)로부터 막대한 유산을 상속받았던 터라, 아버지는 투자자로서 그가 필요했던 것이라고 추측된다. 50년대 말부터 아버지는 정말로 자신의 꿈, 즉 콜롬비아에서 어떤 부문에 관련된 주식들을 다시 사려는 꿈을 좇는다. 그리고 필립 드 D.가 그 프로젝트를 실현하는 데 도움을 줄 거라고 단단히 믿는다.

D.는 카레이스 여성 챔피언과 결혼하고, 몰락한 생활을 끝낸다. 처음에 그는 하마메트[6]에서 나이트클럽 사장으로 있다가, 그후 보르도에서 자동차 정비소를 운영한다. 아버지는 몇 년 동안 여전히 콜롬비아 꿈에 매달린다. 1976년, 어떤 친구가 내게 파일 하나를 건네주는데, 거기엔 다음과 같은 정보가 담겨 있다. "모쿠피아 금융회사. 소재지: 파리(9구), 베르제르 가 22번지. Tel. 770.76.94. 프랑스 주식회사. 이사진과 경영진: 이사장 겸 사장: 알베르 로돌프 모디아노. 이사진: 샤를 러치웨이, 레옹 미셸 테송…… 카피르 트러스트 회사(라울 플르노트)."

이사진은 귀에 익은 이름이었다. 제일 먼저 테송이라는 사람은 1972년 9월, 아버지에게 가야 할 전보가 실수로 나한테 왔을 때 알게 되었다. 1194 탕헤르[7] 34601 급 베르제르 임대료 지급. 내 비서 거동 불가. 급 회신 요. 테송. 그 테송이라는

6. 튀니지의 낭만적인 해안도시.

7. 모로코 북서부의 주 및 주도.

사람은 탕헤르의 자본가였다. 그리고 믈르노트는 카피르 트러스트 회사의 면세 지대 내 국제경영 이사였다.

그리고 1963년부터 1964년 사이에, 나는 세번째 이사인 샤를 러치웨이를 아버지와 함께 만난다. 아버지는 지나치게 '문학적'인 나의 학업에 경계심을 불어넣기 위해 샤를 러치웨이의 실패를 예로 든다. 그는 루이르그랑[8]에서 로제 바이양[9], 로베르 브라지야흐[10]와 고등사범학교 준비반 동창생이었지만, 살아가며 좋은 일이라곤 하나도 하지 않았다. 부드러운 입술에 철테 안경을 쓴 그는 외모로는 음탕한 스위스 사람처럼 보이고, 맥주를 무척 좋아하며, 수도회의 민간 참사회원으로서 제네바에 있는 매춘업소를 몰래 드나들곤 했다. 쉰 살에 이혼남인 그는 자기보다 젊은 짧은 머리의 통통한 여자와 16구의 창문 없는 1층 방에서 함께 살았다. 그는 어떤 종류의 타협이라도 다 받아들일 준비가 되어 있다는 느낌을 준다. 그는 우리 아버지의 집사이자 '남작' 역할을 하는 것에 틀림없으나, 그럼에도

8. 프랑스의 명문 고등학교 중 하나.

9. 프랑스의 레지스탕스 소설가, 공산주의자.

10. 프랑스의 소설가이자 비평가, 부역 작가로 독일 치하에서 나치 이데올로기에 동조하는 글을 썼다. 1945년에 사형되었다.

타르튀프[11]처럼 많이 아는 체하는 투로 내게 훈계를 한다. 1976년 나는 케 드 콩티의 계단에서 부은 얼굴에 노숙자 같은 분위기를 풍기며 마비된 듯 보이는 한쪽 팔에 먹을 것이 든 가방을 들고 있는 팍 늙어버린 그와 마주치게 된다. 그리고 나는 아버지가 막 스위스로 떠나버린 후라, 가구라곤 하나도 없고 난방과 물과 전기까지 끊어진 그 5층 아파트에 그가 살고 있다는 사실을 알게 된다. 그는 자기 아내와 함께 그곳을 무단 점거하여 근근이 살아가고 있다. 아내는 그에게 심부름을—아마도 통조림 몇 개를 사오라는—보낸다. 나는 이제 그가 모쿠피아 이사회에다가 출석수당을 기대하지는 말아야 하리라고 생각한다. 1976년 모쿠피아 금융회사 앞으로 보낸 보고서가 어쩌다 내 손에 잘못 들어온다. 그 보고서에는 이렇게 써 있었다. "보상 절차가 콜롬비아 법정에서 이루어지도록 하기 위해 보고타[12]에 있는 우리 회사 변호사에게 지시가 떨어졌습니다. 참고삼아 알려드리는 바인데, 당신네 사장 겸 이사장인 알베르 모디아노 씨는 사우스 아메리칸 회사의 이사장

11. 몰리에르의 희극에 나오는 위선적 인물.
12. 콜롬비아의 수도.

이자 그 계열사인 우리 회사 대표입니다." 그러나 삶은 고되고 공정치 못한 법. 그래서 가장 아름다운 꿈들을 날려버린다. 사장 겸 이사장은 결코 보고타의 보상금을 만져보지도 못한다.

1962년 크리스마스. 그해 크리스마스에 정말 눈이 왔는지 이젠 알지 못한다. 어쨌건, 내 기억 속에서는 밤에 거리와 차량들 위로 눈이 펑펑 쏟아진다. 열한 살 때부터 열네 살 때까지 어머니가 없을 때 날 보살펴주던 조제와 앙리 B.가 생로에 있는 종마사육장에서 날 맞아주었다. 조제의 남편인 앙리는 종마 사육의 베테랑이었다. 내가 기댈 수 있는 피난처는 그들뿐이었다.

그후 몇 해 동안, 나는 생로에 있는 그들의 집을 자주 찾게 된다. '폐허의 수도' 라고 부르는 그 도시는 폭격으로 완전히 사라졌으며, 수많은 생존자들은 그들 신분의 흔적과 증거를 잃고 말았다. 그래서 생로의 재건 작업은 50년대까지 이어졌다. 종마사육장 부근에는 아직도 임시 막사를 지었던 구역이 남아 있다. 나는 발콩 카페와 시립도서관을 다니고, 앙리는 인근 농가로 나를 데리고 다닌다. 그 농가들에서 부르면 그는 심지어 밤늦은 시간이라도 동물들을 보살피러 간다. 그래서 밤이 되면, 내 주위를 둘러싸

거나 혹은 마구간에서 자고 있는 말들 생각만 해도, 최소한 어느 날 아침 포르트 브랑시옹에서 보았던 줄 지어 선 말들처럼 도살장으로 끌려가지는 않겠구나 싶어 안심이 되었다.

생로에서 나는 여자친구를 몇 사귀게 된다. 그중 한 명은 발전소에서 살았다. 또 한 명은 열여덟 살인데 파리로 올라가 예술학교에 입학하고 싶어했다. 그녀는 역 근처의 어느 카페에서 자기 계획을 내게 털어놓았다. 안시, 생로와 같은 지방은 모든 꿈과 한밤의 산책이 파리 행 열차가 떠나는 역 앞에서 좌초하던 그런 시절이었다.

1962년 그해 크리스마스에 나는 『사라진 환상』[13]을 읽었다. 나는 여전히 집의 맨 위층 같은 방을 쓰고 있었다. 그 방 창문은 도로를 향해 나 있었다. 매주 일요일 자정마다 알제리 사내 하나가 나직이 혼잣말을 중얼거리며 그 도로를 거슬러 올라 임시 막사가 있는 쪽으로 가곤 하던 기억이 난다. 그로부터 40년이 지난 오늘 밤, 생로는 내게 『진홍빛 커튼』[14]에 나오는 환히 불 밝힌 창문을 생각나게

---

13. *Illusions perdues*, 발자크의 소설.

14. *Rideau cramoisi*, 쥘 바르베이 도르빌리의 작품.

한다. 마치 내가 옛날 살던 방이나 나의 젊은 시절에 불 끄는 것을 잊어버린 것처럼. 바르베이 도르빌리는 그 부근에서 태어났다. 나는 그의 집에 가보았다.

1963년. 1964년. 연도가 혼동된다. 느릿느릿한 나날들, 비오는 날들…… 그렇지만 하얗게 밤을 지새운 후 봄날의 거리를 걸을 때 느끼는, 도취와 불면이 뒤섞인 무미건조함을 간혹 벗어나 나는 또 다른 상태를 겪었다.

1964년. 나는 라가르 대로의 어느 카페에서 카트린이라는 소녀를 만난다. 그녀는 우아하며 아를레티[1] 같은 파리 억양으로 말한다. 그해 봄이 기억난다. 철도길을 따라 줄지어선 마로니에의 녹음. 아직도 나지막한 집들이 철거되

---

1. 카르네 감독의 〈인생유전Les enfants du Paradis〉에서 고급 창녀 가랑스 역할로 유명한 프랑스 배우.

지 않은 라가르 대로.

어머니는 앙비귀 극장에서 프랑수아 비예두의 연극 〈이 보슈, 세상은 어떻게 되어가고 있소? 이 양반아, 돌고 있다오〉에서 단역을 맡아 출연했다. 보리스 비앙[2]의 아내 우르술라 퀴블레 역시 출연진에 들어 있었다. 그녀는 빨간색 모르강을 몰았다. 나는 그녀와 그녀의 친구 오 데가 사는 베롱 주택단지에 몇 번 갔었다. 그녀는 내게 자신이 어떻게 보리스 비앙과 곰춤을 추었는지 가르쳐주었다. 나는 보리스 비앙의 음반 전체 컬렉션을 보고 감동했다.

7월이 되자, 나는 생로로 피신한다. 공허한 오후들. 나는 시립도서관을 드나들다가 금발의 여인과 마주친다. 그녀는 트루빌 언덕의 별장에 아이들과 개들을 데리고 휴가차 와 있다. 그녀도 열네 살 때 독일 점령 치하에서 생드니에 있는 레종도뇌르 교육관[3]에서 기숙 학생으로 있었다. 옛 기숙학교들을 다닌 여학생. 어머니가 내게 편지를 보낸다. "네가 거기서 잘 지내고 있다면, 가능한 한 오래 거기 머무는 게 더 낫겠구나. 나는 보잘것없는 수입으로 살고

---

2. 프랑스 소설가로 엔지니어, 발명가, 가수, 비평가, 재즈 연주가, 시나리오 작가 등을 거친 다재다능한 작가. 포스트모더니즘의 원조 격으로 불린다.
3. 일종의 여자고등학교.

있다. 라파예트 백화점에 돈을 간신히 갚을 수 있겠구나."

9월, 생로로 보내온 어머니의 또 다른 편지. "올 겨울 우리 집은 난방은 못하겠지만 그럭저럭 지내게는 되겠지. 그러니 얘야, 남은 돈이 있으면 다 보내주었으면 한다." 당시 나는 서적 '중개업'으로 약간의 생계비를 벌고 있었다. 그리고 또 다른 편지에는 희망이 담긴 쪽지도 있었다. "올 겨울은 분명 지난겨울보다는 덜 추울 거야……"

아버지로부터 전화 한 통을 받는다. 아버지는 내 의견은 묻지도 않고 날 보르도에 있는 미셸몽테뉴 고등학교 고등문예반에 등록시켰다. 아버지는 자칭 '내 학업의 방향'을 세워놓았단다. 나는 아버지와 다음날 캉 역의 식당에서 만나기로 한다. 우리는 파리 행 첫 기차를 탄다. 생라자르 역에는 가짜 밀렌 드몽조가 우릴 기다리고 있다가 차에 태워 오스테를리츠 역으로 데리고 간다. 나는 파리에서 멀리 떨어진 곳으로 나를 추방하라고 요구한 것이 그녀라는 사실을 알게 된다. '옛 기숙학교들을 다닌 여학생', 내 친구인 그녀가 자신에 대한 추억으로 내게 줘 간직하고 있던 자수정 반지가 있는데, 아버지는 내게 화해의 표시로 가짜 밀렌 드몽조에게 그걸 주라고 했다. 하지만 나는 거부했다.

오스테를리츠 역에서 아버지와 나는 보르도 행 기차를

탄다. 마치 유괴라도 당하는 것처럼 내겐 아무 짐도 없다. 혹시 아버지를 설득할 수 있지 않을까 싶어, 나는 아버지와 함께 가는 것을 받아들였다. 그 동안 카페에서 부랴부랴 만났다 헤어지기 바빴으므로, 이처럼 긴 시간을 우리가 함께 있는 건 2년 만에 처음이다.

저녁이 되어서야 우리는 보르도에 도착한다. 아버지는 스플랑디드 호텔에 우리 둘이 묵을 방을 잡는다. 다음 며칠 동안 우리는 미셸몽테뉴 고등학교에서 아버지에게 보낸 목록에 따라 기숙생이 입을 옷가지들을 사러 생트카트린 가의 상점들을 돌아다닌다. 나는 그런 게 다 소용없다고 아버지를 설득하려 하지만, 아버지는 결정을 번복하지 않는다.

어느 날 저녁, 나는 보르도의 대극장 앞에서 아버지를 떨쳐버리려고 달리기 시작한다. 그러자 아버지가 측은하게 느껴졌다. 또다시 나는 그에게 조목조목 따지고 든다. 왜 아버지는 항상 내게서 벗어나려고 하는가? 내가 파리에 그대로 있는 것이 간단하지 않겠는가? 나는 기숙사에 갇혀 지낼 나이가 지났다…… 아버지는 아무 말도 들으려 하지 않는다. 그래서 나는 아버지 말에 따르는 척한다. 예전처럼 우리는 영화관에 간다…… 개학하는 일요일 저녁,

아버지는 택시를 타고 날 미셸몽테뉴 고등학교로 데리고 간다. 내게 150프랑을 주면서 영수증에 사인을 하라고 한다. 무슨 이유에서일까? 아버지는 내가 교문으로 들어설 때까지 택시 안에서 기다린다. 나는 가방을 들고 기숙사로 올라간다. 기숙생들은 나를 '신참' 취급하며 그리스어 텍스트를 읽어보라고 한다. 그래서 나는 도망치기로 결심한다. 나는 가방을 들고 학교에서 나와, 요 전날 아버지가 날 데리고 갔던 투르니 로의 뒤베른 식당에서 저녁식사를 한다. 그러고 나서 택시를 잡아타고 생장 역으로 간다. 그리고 파리 행 야간열차. 내겐 150프랑밖에 없다. 나는 『바다로 가는 길』의 도시인 보르도를 더 잘 돌아다녀보지 못한 것이 아쉽다. 그리고 소나무와 송진 냄새를 마셔볼 시간을 갖지 못한 것도. 다음날, 파리에 도착한 나는 아파트 계단에서 아버지와 마주친다. 아버지는 내가 다시 나타난 걸 보고 아연실색한다. 그리고 오랫동안 우리는 서로 말을 하지 않는다.

여러 날, 여러 달이 흐른다. 계절도 여러 번 바뀐다. 가끔 나는 과거로 돌아가 내가 살아왔던 그 모든 시절들을 다시 살아보고 싶다. 하지만 어떻게?

해가 눈에 들어오는 오후의 끝자락 무렵, 나는 샹피오

네 거리를 걷고 있었다. 나는 꿈꾸는 듯 멍한 상태로 몽마르트르에서 며칠을 보냈다. 다른 어느 곳보다 편했다. 올라가는 엘리베이터가 있는 지하철역 라마르크콜랭쿠르와 반쯤 경사진 계단의 산 크리스토발. 테라스 호텔의 카페. 짧은 순간들, 나는 행복했다. 저녁 여섯시 레브에서의 만남. 베르트 거리의 얼어붙은 난간. 그리고 언제나 가쁜 내 숨결.

내 옛날 수첩에 따르면, 1965년 4월 8일 목요일, 어머니와 내게는 땡전 한 푼 없다. 어머니는 아버지 집 문의 초인종을 누르고 돈을 달라고 하란다. 난 몹시 시무룩하여 계단을 올라간다. 초인종을 누르지 않을 생각이었지만, 난간에서 어머니가 입에 거품을 물고 비극적인 시선과 일그러진 턱으로 위협하듯 지켜보고 있다. 초인종을 누른다. 아버지는 내 면전에서 문을 쾅 닫아버린다. 나는 다시 누른다. 가짜 밀렌 드몽조가 경찰에 전화하겠노라고 악을 쓴다. 나는 도로 4층으로 내려간다. 경관들이 와서 나를 찾는다. 아버지가 경관들과 함께 온다. 아파트 경비원이 놀란 눈으로 바라보는 가운데 그들은 아파트 앞에 주차시킨 호송차에 우리 둘을 태운다. 우리는 나란히 좌석에 앉았다. 아버지는 내게 아무 말도 하지 않는다. 나는 생전 처음

호송차를 탔는데, 우연히도 아버지와 함께 타게 되었다. 아버지는 이미 1942년과 1943년 겨울, 유대인 문제 전담반의 프랑스 형사들에 의해 일제 검문에 걸렸을 때 타본 경험이 있었다.

호송차는 생페르 가, 생제르맹 대로를 따라간다. 그러다 되마고[4] 앞에서 빨간불에 걸려 멈춘다. 우리는 라베 가의 경찰서에 도착한다. 아버지는 경찰서장에게 나를 넘긴다. 아버지는 내가 '불량배'이고 자기 집에서 '소동을 피웠다'고 말한다. 경찰서장은 '다음에' 또 그러면 구속시키겠노라고 말한다. 나는 내가 경찰서에 영원히 갇혀 있다면 차라리 마음이 편했으리라 느낀다. 우리는 함께 케 드 콩티로 돌아온다. 나는 아버지에게 왜 가짜 밀렌 드몽조가 경찰을 부르도록 내버려뒀는지 그리고 왜 나를 경찰서장에게 넘겼는지 묻는다. 아버지는 아무 대답이 없다.

1965년 바로 그해—혹은 1964년—아버지는 두 층을 연결하던 내부 계단을 허물고, 이제 두 층은 영원히 갈라선다. 문을 열고 잔해들로 가득 찬 조그만 방에 들어서자,

4. 생제르맹데프레에 있는 카페로 사르트르와 시몬 드 보부아르가 만나던 곳으로 유명하다.

5층에 남아 있던 어린 시절 읽은 책 몇 권, 내 동생에게 보낸 엽서들이 갈기갈기 찢어진 채 잔해 속에 뒹굴고 있다. 5~6월. 여전히 몽마르트르. 날씨가 화창했다. 나는 봄에 아베스 가의 어느 카페 테라스에 있었다.

7월. 야간열차, 복도에 서서 간다. 빈. 나는 서부역 근처의 싸구려 호텔에서 며칠 밤을 보낸다. 그러고 나서 생샤를 성당 뒤에 방 하나를 구한다. 하벨카 카페에서 온갖 부류의 사람들을 만난다. 어느 날 밤, 나는 그들과 함께 나의 스무 번째 생일을 자축한다.

우리는 포츠라인스도르프 공원들과 하일리겐슈타트 쪽의 채소밭 한가운데에 있는 오두막에서 일광욕을 즐긴다. 그라벤 거리 부근의 음산한 카페 라베에는 사람들이 없어서 우리는 피아프의 샹송을 듣곤 했다. 그리고 여름 거리엔 여전히 하얗게 밤을 지새운 후의 불면과 뒤섞인 가벼운 도취 상태.

몇 번인가 우리는 체코와 헝가리 국경이 있는 곳까지 가곤 했다. 거대한 수용소. 감시탑들. 그 수용소 안으로 걸어 들어가면 위에서 사격을 가할 것이다.

9월 초, 나는 빈을 떠난다. 〈Sag'beim abschied leise 'Servus'〉[5]라는 노래가사처럼. 우리 요제프 로트[6]의 한 구

절이 내가 사십 년 동안 다시 가보지 못한 빈을 떠올리게 한다. 빈을 다시 볼 수 있을까? "덧없고 소심한 이 저녁들, 그것들이 다 사라지기 전, 붙잡기 위해 서둘러야 했다. 그리고 나는 그 무엇보다 폭스가르텐에서, 프라테에서, 공원에서 불현듯 저녁과 맞닥뜨리기 좋아했고, 마치 향기처럼 가늘고 가벼운 희미한 빛이 아직도 스며드는 카페에서 그 가장 부드러운 마지막 여명을 붙잡는 것이 좋았다……"

서부역에서 빈과 제네바를 오가는 야간열차 2등칸. 나는 오후가 저물 무렵 제네바에 도착한다. 그리고 버스를 타고 안시로 간다. 안시는 밤이다. 억수같이 비가 쏟아진다. 내겐 이제 돈이 없다. 나는 어떻게 방값을 치를지 아무 대책도 없이 루아얄 거리의 앙글르테르 호텔로 내려간다. 그날 밤, 빗속에서 유령도시 같은 안시가 나는 낯설다. 라가르 광장의 오래된 호텔과 낡은 건물들은 철거되었다. 다음날, 나는 친구들 몇 명을 만난다. 많은 친구들이 이미 입대를 했다. 그날 저녁 나는 빗속에 군복을 입은 그들이 지나가는 모습을 본 듯하다. 그래도 내게 50프랑은 남아 있

5. 〈헤어질 땐 '당신 뜻대로'〉라는 뜻의 오스트리아 노래.
6. 오스트리아의 저널리스트이자 소설가.

다. 하지만 앙글르테르 호텔은 비싸다. 그 며칠 동안 나는 톤의 생조제프 학교로 나의 옛날 문예 선생님인 아캉브레 신부님을 찾아갔다. 나는 빈에서 아캉브레 신부님에게 편지를 써서, 혹시 그 다음해 자습감독이나 보조선생 자리를 마련해줄 수 있는지 물어보았다. 지금 생각해보면, 나는 파리와 내게 어떤 정신적 도움도 주지 못하고 날 궁지로 모는 부모를 피하려고 했던 것이다. 아캉브레 신부님이 보낸 두 통의 편지를 찾아냈다. "이번 학기를 학교 선생인 너와 함께하면 정말 좋겠구나. 내가 교장선생님께 말씀드렸다. 교수진은 만장일치로 찬성하지만, 8월 말까지 변경이 있을 수도 있다. 네가 우리와 함께할 수 있기를 바란다." 1965년 9월 7일자, 두번째 편지에서 신부님은 이렇게 쓰고 있다. "요즘 내가 시간표를 작성하다보니, 아뿔싸, 1965~1966년도에는 사람이 필요 이상으로 많다는 게 명확히 드러나더구나. 그래서 심지어 반시간 정도의 강의도 배정해주기 어렵겠다……"

하지만 왜 어느 순간 다른 사람들이 아닌 어떤 사람들과, 다른 장소가 아닌 어떤 장소에 있게 되는지 잘 알지 못해도, 또 그 영화가 오리지널인지 아니면 더빙한 것인지 잘 알지 못해도 삶은 계속되었다. 오늘날 내 기억에는 짤막한 시퀀스들만 남아 있다. 나는 징집 유예를 연장하기 위해 문과대학에 등록한다. 강의에는 절대 들어가지 않을 것이고, 유령 학생이 될 것이다. 장 노르망(일명 장 뒤발)이 몇 달 전부터 케 드 콩티, 예전에 4층과 5층을 잇는 내부 계단이 있었던 작은 방을 차지하고 있다. 그는 부동산 중개업소에서 일하지만 파리 체류는 금지 당했다. 그 사실을 나는 나중에서야 알게 된다. 어머니는 1955년에 그와 알게 되었다. 노르망은 스물일곱 살이었고 좀도둑질로 징역을 살고 나왔다. 우연히도 그는 아주 어린 나이에, 내 동생과 내가 주이앙조자스에서 살던 집에 있던 쉬잔 부크로와 함께 몇 번 좀도둑질을 했었다. 그러다 그는 다시 감옥으로 되돌아갔고, 1959년에 푸아시 감화원에 들어갔다. 그는 파손된 아파트에 기본적으로 꼭 필요한 공사를 했는데, 나는 그가 어머니에게 돈을 내고 있다고 확신한다. 나는 그 노르망(일명 뒤발)을 무척 좋아한다. 어느 날 저녁, 그는 내 방 벽난로 위에 슬그머니 5프랑짜리 지폐를 놓아두고, 그가 가고 나서야 나는 그 돈을 발견한다. 그는 재규어를 몰고 다니는데, 그 다음해 벤 바르카[7] 사건이 있어났

7. 파리로 추방된 모로코 혁명가. 1965년 10월 납치 살해된 것으로 추정된다.

을 때 나는 그에게 '재규어를 몰고 다니는 키 큰 사람'이라는 별명이 붙은 것을 신문을 통해 알게 된다.

1965~1966년 경 있었던 하나의 사건. 밤 열시, 나는 아파트에 혼자 있다. 위층, 아버지 집에서 매우 큰 발소리와 함께 가구가 뒤집어지고 유리창이 깨지는 시끄러운 소리가 들린다. 그러다가 잠잠해진다. 나는 계단으로 난 문을 연다. 5층에서부터 하수인이나 사복형사처럼 보이는 뚱뚱한 사내 둘이 계단을 급히 뛰어내려온다. 나는 그들에게 무슨 일이냐고 묻는다. 그들 중 하나가 내게 강압적인 손짓을 하며 무뚝뚝하게 말한다. "집으로 들어가시오." 아버지가 사는 집에서 발자국 소리가 들린다. 그러니까 아버지는 거기 있었던 것이다…… 나는 전화를 걸어볼까 망설이지만, 우리는 보르도 이후로는 서로 만나본 적도 없고, 또 아버지가 전화를 끊어버릴 것이 분명하다. 그로부터 2년이 흐른 뒤, 나는 아버지에게 그날 밤 무슨 일이 있었느냐고 물어본다. 그는 내가 무슨 말을 하는지 영문을 모르겠다는 척한다. 나는 아버지가 예심판사 열 명 정도는 좌절시켰을 사람이라고 생각한다.

1965년 그해 가을, 빅토르 위고의 초상이 그려진 5프랑짜리 지폐 몇 장이 수중에 있는 저녁이면 나는 뤼테스 극장 근처에 있는 식당에 자주 가곤 했다. 그리고 15구, 펠릭스포르 가에 있는 방 하나에 숨어 살았다. 그 방은 내 친구 하나가 지난 10년간 『파리 튀르프』[8]를 수집 보관해둔 곳이었는데, 내 친구는 오퇴이와 롱샹에서 벌어지는 경주를 예상하기 위해 이 신문의 자료를 이용해 복잡한 통계를 내곤 했다. 망상들. 그래도 센 강으로 향하는 질서정연한 작은 길들 덕분에 그 그르넬 동네에서 경치를 하나 찾아내곤 했다는 것이 기억난다. 이따금 나는 아주 늦은 밤 택시를 타곤 했다. 차비는 5프랑이었다. 15구 경계에는 종종 경찰 검문이 있었다. 나는 성년인 척하기 위해 내 여권의 출생 년도를 1945년에서 1943년으로 위조해놓았다.

친절하게도 레이몽 크노[9]는 토요일마다 날 받아주었다. 종종 오후가 시작될 무렵, 우리는 함께 뇌이에서 센 강 좌안으로 돌아오곤 했다. 그는 내게 13구 깊숙이, 케 드 라가르와 오스테를리츠 철길 사이에 있는 라크루아자리라는 거리의 거의 아무도 모르는 막다른 골목까지 보리스 비앙과 함께 산책했던 얘기를 들려주었다. 그리고 나보고도 거

8. 경마 예상 일간지.

9. 프랑스의 소설가이자 시인.

기 가보라고 했다. 나는 레이몽 크노가 『앵트랑시장』[10]에 파리에 관한 기사를 올리느라 오후에 파리를 산책하던 때가 자신이 가장 행복했던 순간이라고 쓴 글을 읽은 적이 있다. 나는 내가 여기서 떠올리고 있는 그 죽어버린 세월들이 과연 그만한 가치가 있는지 스스로에게 묻는다. 크노처럼 나도 아스니에르의 개들을 찾아 나 홀로 거리를 헤맬 때만 온전히 나 자신이었다. 당시 내게는 개가 두 마리 있었다. 이름은 자크와 폴이었다. 1952년 주이앙조자스에 살 때, 내 동생과 나는 페기라는 이름의 암캐 한 마리를 키웠는데, 어느 날 오후 독퇴르퀴르젠 거리에서 차에 치여 죽고 말았다. 크노는 개를 무척 좋아했다. 그는 내게 인디언과 바스크족이 서로 잔혹하게 싸우는 서부영화 이야기를 해준 적이 있었다. 그는 바스크족이 나오는 것에 의아해했다가 웃음을 터뜨렸다고 했다. 난 그 영화가 어떤 영화인지 알아냈다. 그것은 〈태양으로 가는 카라반〉[11]이었다. 요약하면 바스크족에 맞서 싸우는 인디언 이야기이다. 나는 버려진 동네 후미진 곳에 깜빡 잊고 허물어버리지 않

---

10. '고집불통', '강경파' 라는 뜻을 가진 프랑스 신문.
11. 영어 원제는 〈Thunder in the sun〉, 러셀 라우스 감독의 1959년작 영화로 수잔 헤이워드, 제프 챈들러 주연.

은 영화관에서 크노를 회상하며 그 영화를 보고 싶다. 크노의 웃음소리. 반쯤은 간헐천 같고 반쯤은 따발총 같은. 하지만 나는 은유에는 재능이 없다. 그래서 그냥 간단하게 크노의 웃음소리라고 한다.

1966년. 1월의 어느 밤, 케 드 콩티. 장 노르망이 밤 열한시쯤 돌아온다. 나는 아파트에 그와 단둘이 있다. 라디오는 켜 있다. 르노드 가의 스튜디오에서 경찰이 강제로 방문을 뚫는 순간 피공[12]이 자살했다는 소식이 흘러나온다. 그 사람은 벤 바르카 사건의 주요 인물 중 하나였다. 노르망은 얼굴이 납빛으로 변하더니 누군가에게 전화를 걸어 욕을 퍼붓는다. 그리고 재빨리 끊는다. 그는 내게 한 시간 전 자신이 피공과 함께 저녁식사를 했으며, 피공은 생트바르브 학교 때부터 알고 지낸 오랜 친구라고 설명한다. 그는 자신이 50년대에 푸아시 감화원에 피공과 함께 수감되어 있었다는 사실을 말하지 않는다. 그건 내가 나중에 알게 된 일이다.

그리고 사소한 사건들이 이어지고 당신에게 많은 흔적

12. 조르주 피공. 식민지 해방에 관한 영화 제작자로, 벤 바르카가 납치 살해되기 전 만났던 인물. 『렉스프레스』지에 '나는 바르카가 살해당하는 것을 보았다' 라는 고백 기사를 낸 후, 경찰이 소환하려 하자 자살했다.

을 남기지 않고 스쳐 지나간다. 당신은 아직도 당신의 진정한 삶을 살 수 없으며, 아무도 모르게 스쳐 지나가는 나그네라는 느낌을 받는다. 그 기만의 삶으로부터 몇몇 단편적인 조각들이 내게 되살아온다. 부활절, 나는 우연히 벤 바르카 사건을 다룬 잡지 기사에서 장 노르망에 관한 글을 읽게 되었다. 그 기사 제목은 "그자를 심문하지 않고 뭘 기다리고 있는가?"였다. 다음과 같은 설명문과 함께 노르망의 사진도 대문짝만 하게 실렸다. "그의 얼굴은 도끼로 자르고 굴착기로 공들여 손본 것 같다. 그의 이름은 노르망이고 뒤발이라고도 불린다. 피공은 그를 '재규어를 몰고 다니는 키 큰 사람'이라고 불렀다. 일명 뒤발이라고도 하는 노르망은 조르주 피공과 알고 지낸 지 오래된다……"

그해 봄, 나는 가끔 르가르 가에 있는 마르잔 L.의 집에 가서 묵곤 했다. 그의 아파트는 생제르맹데프레, 몽파르나스와 벨기에 사이를 나침반도 없이 항해하던 개인들의 무리가 모이던 곳이었다. 이미 환각상태를 맛본 몇몇은 두여행 도중에 이비자[13]에 기항하곤 했다. 그러나 르가르 가에서는 뒤벨(혹은 뒤벨츠)이라는 이름의 남자와 마주치기도 했다. 그는 금발 머리에 나이는 서른다섯이고, 콧수염을 기르고 줄무늬 모직 옷을 입고 다녔다. 프랑스어를 할 때는 도드라진 국제적 억양으로 말했고, 윗도리 젖혀진 곳에 훈장을 주렁주렁 달았는데, 자신은 생막시앙 학교의 사관생도였으며 '기네스 걸'과 결혼했노라고 주장했다. 그는 대사들에게 자주 전화를 했다. 그리고 대개는 오로지 자기 맡은 일에만 헌신하는 고지식한 인상의 한 사내를 대동했고, 이란 여자와 사귀고 있노라 자랑스레 떠들어대곤 했다.

희미한 기억의 그림자로 남은 사람들 중에 제라르 마르시아노라는 자도 있었다. 그 외에도 그후 틀림없이 갑작스런 죽음을 맞았을, 그리하여 내가 잊었을 사람이 얼마나 많은지.

1966년 봄, 파리에서 나는 대기의 어떤 분위기가 바뀌었음을 감지했다. 그것은 내가 열세 살이었던 1958년, 그리고 알제리 전쟁이 끝날 무렵 느꼈던 변화와 유사했다. 하지만 이번에는 프랑스에 어떠한 중요한 사건도, 어떠한 급격한 전환점도 없었다. 아니면 내가 잊었을 수도 있다.

---

13. 마조르카 주 섬의 남쪽에 위치한 스페인령 섬 이름으로, 저가의 호텔 체인 이름이기도 하다.

게다가 무척이나 부끄러운 일이지만, 나로선 1966년 4월 세상에 어떤 일이 일어났는지 말할 능력이 없다. 우리는 어떤 터널을 통과하고 있는 중이었지만, 그게 어떤 터널인지 나는 모른다. 그리고 그 신선함이라니, 우리는 앞선 계절들에서는 그런 걸 느껴보지 못했다. 스무 살이 되어 매 순간 세상이 우리와 함께 시작된다고 믿는 자들의 환상이었을까? 그해 봄은 대기가 훨씬 가벼운 느낌이었다.

벤 바르카 사건 이후로, 노르망은 케 드 콩티에 더 이상 살지 않고, 쥐도 새도 모르게 사라져버렸다. 6월 중순경, 나는 마약단속반에 소환되어 랑글레라는 어느 형사에게 보내진다. 그 형사는 다른 경관들이 오가는 가운데 취조실에서 세 시간 내내 질문을 던지고, 내 대답을 타이핑한다. 무척 놀랍게도, 그는 누군가 나를 마약중독자이자 판매상으로 고발했다고 하면서, 내가 한두 번 정도 르가르 가에서 마주친 적이 있는 제라르 마르시아노의 인상착의 사진을 보여준다. 내 이름이 아마 그의 수첩에서 발견된 듯하다. 나는 그를 만난 적이 없다고 말한다. 형사는 내게 주사 자국이 있는지 확인하겠다면서 팔뚝을 보여달라고 한다. 그는 케 드 콩티와 내가 머물곤 하던 펠릭스포르 가의 가택수색을 하겠노라 위협하는데, 르가르 가에도 내가 묵는 방이 있다는 것을 모르는 것이 분명했다. 난 그게 놀라웠다. 왜냐하면 마르시아노 제라르라고 불리는 자는 그곳을 뻔질나게 드나들었기 때문이다. 형사는 어쩌면 또 한 번 심문을 받게 될지 모른다고 하면서 날 풀어준다. 불행히도 사람들은 당신에게 결코 제대로 된 질문을 하지 않는다.

나는 마르잔 L.에게 마약단속반과 제라르 마르시아노를 조심하라고 알려주는데, 마르시아노는 다시 나타나지 않았다. 피에르 뒤벨, 그는 그 며칠 뒤 무기 판매소에서 권총을 사던 중인지 아니면 팔던 중에 체포된다. 뒤벨은 사기꾼으로 체포영장이 떨어진 상태였다. 그리고 나는 나쁜 일을 저지른다. 마르잔 L.의 집에 있던, 아주 우아한 옷이 여러 벌 든 뒤벨의 옷장을 훔친 것이다. 또 마르잔 L.에게 아파트를 세 준 주인의 것인 오래된 뮤직박스도 들고 간다. 나는 자르댕생폴 거리의 노점상과 합의를 해서 그 전부를 500프랑에 넘긴다. 그 노점상은 내게 자신의 집안은 클리시에서 고철상을 하는데, 주아노비치[14]와는 아주 잘 아는 사이였다고 한다. 자기에게 넘길 다른 장물이 있으면 전화

14. 나치에 철물을 공급하고 레지스탕스 활동도 한 부유한 고철상으로, 프랑스 해방 이후 부역으로 재판 받고 투옥되었다가 사망했다.

만 하면 된단다. 그는 소심한 태도의 나에게 확실히 마음이 움직인 듯, 100프랑을 더 건네준다. 다음해, 나는 그 못된 짓을 보상하게 된다. 작가로서 받은 첫 인세를 뮤직박스를 물어주는 데 쓴 것이다. 뒤벨에게는 옷을 몇 벌이라도 기꺼이 사주었겠지만, 그의 소식은 더 이상 들을 수 없었다.

끝까지 솔직해지자. 내 어머니와 나는 1963년 우리가 알고 지내던, 벼룩시장에서 일하는 폴란드인에게 거의 새것이나 다름없는 네 벌의 옷과 셔츠, 밝은 색 나무로 된 슈트리[15]까지 딸린 구두 세 켤레를 팔았는데, 그 물건들은 아버지의 친구인 로버트 플라이가 벽장 속에 넣어둔 것들이었다. 로버트 플라이도 뒤벨과 마찬가지로 줄무늬 모직 옷을 입고 다녔는데, 수시로 자취를 감추곤 했었다. 그날 오후, 우리에겐 한 푼도 없었다. 병 보증금으로 도핀 가의 식료품상이 내게 건네준 동전 한 닢이 고작이었다. 당시는 바게트 빵 하나의 가격이 44상팀이었다. 그 다음에 나는 개인 집이나 도서관에서 책을 훔쳤고, 돈이 없어서 그 책들을 팔았다. 그라세 출판사에서 나온 『스완네 집 쪽으

15. 구두의 형태를 보존하기 위해 구두 안에 넣는 골.

로』[16] 초판본, 아르토[17]가 말로[18]에게 헌정한 원본, 몽테를랑의 헌사가 붙은 소설들, 셀린의 편지들, 1819년 출판된 『왕립군사학교 도표』, 은밀하게 출판된 『여자들』[19]과 베를렌의 시집 『옹브르』[20], 몇십 권의 플레야드 판 책과 미술책들…… 글을 쓰기 시작한 순간부터 나는 더 이상 그 어떤 사소한 좀도둑질도 저지르지 않았다. 평소에는 도도해 보이는 어머니도 벨 자르디니에르의 진열대나 다른 상점의 진열대에서 몇몇 '사치품'들과 가죽 제품들을 슬쩍하곤 했다. 어머니는 현장에서 한 번도 잡힌 적이 없었다.

하지만 시간은 빨리 흘러 1966년 여름이 다가오고 그와 함께 성년이라고 부르는 시기가 닥쳐왔다. 나는 켈레만 대로가 있는 동네에 거처를 잡았고, 부근의 시테 위니베르시테르,[21] 그곳의 넓은 잔디밭, 레스토랑, 카페테리아, 영화관을 자주 드나들며 그곳에 사는 사람들을 만난다. 모로코, 알제리, 유고슬라비아, 쿠바, 이집트, 터키에서 온 사

16. 마르셀 프루스트의 소설 『잃어버린 시간을 찾아서』의 첫째 권.
17. 프랑스의 극작가, 배우, 시인이자 초현실주의 운동의 이론가.
18. 프랑스의 실존주의 작가.
19. *Femmes*.
20. *Hombres*.
21. 국제 기숙사 단지.

람들과 친구가 된다……

6월에 아버지와 난 화해한다. 나는 아버지를 뤼테시아 호텔 로비에서 자주 본다. 아버지가 내게 좋은 의도를 가지고 있지 않다는 사실을 깨닫는다. 아버지는 나더러 빨리 군에 입대하라고 설득한다. 내게 말하길, 아버지가 손수 뢰이 병영에다 내 입대 수속을 밟아주겠다고 한다. 나는 아버지에게서 돈, '민간인' 신분으로서 마지막 휴가를 지낼 수 있는 돈이라도 조금 뜯어내고자 아버지 말을 따르는 척한다. 장차 군인이 될 사람이 원하는 것이라면 무엇이고 다 들어주는 법이다. 아버지는 내가 곧 공화국 깃발 아래 선 군인이 될 것이라 믿는다. 난 곧 스물한 살이 되고 그러면 아버지는 결정적으로 내게서 해방될 것이다. 아버지는 내게 300프랑을 주는데, 평생 내가 아버지에게서 받은 유일한 '용돈'이다. 나는 그 '보너스'에 너무도 기쁜 나머지 외인부대라 하더라도 기꺼이 자원했을 것이다. 그리고 나는 언제나 나에게서 멀어지도록 그를 부추긴 알 수 없는 숙명에 대해 생각한다. 학교, 보르도, 경찰서, 군대……

가을에 입대하기 전 가능한 한 빨리 떠난다. 7월 1일 이른 아침, 리옹 역. 꽉꽉 찬 2등칸. 바캉스 첫날이다. 거의 내내 기차 복도에 서서 간다. 남부지방에 도착할 때까지

거의 열 시간이 걸린다. 버스는 바닷가를 따라 달린다. 이상브르. 생트막심. 한순간이나마 느끼는 자유와 모험. 내 인생의 지표들 중에서는 언제나 여름이 중요한 비중을 차지할 것이다. 영원한 여름의 정오 때문에 결국 서로 혼동되어버리긴 하지만.

나는 가르드 프레네의 작은 광장에 방을 하나 얻는다. 바로 그곳, 카페-레스토랑의 테라스에서, 그 그늘에서, 어느 날 오후, 나는 내 첫 소설을 시작했다. 태양과 수면의 마을, 맞은편에 있는 그 우체국은 하루에 두 시간만 문을 열었다. 그해 여름 어느 날 저녁, 나는 스물한 살이 되었고, 그 다음날 나는 다시 기차를 타야 했다.

파리에 도착하자 나는 숨는다. 8월. 저녁마다 나는 이탈리 가의 퐁텐블로 극장, 레유 가의 카스카드 레스토랑에 간다…… 나는 아버지에게 고블랭 71-91의 전화번호를 하나 주었다. 그는 아침 아홉시에 내게 전화를 걸고, 나는 오후 두시까지 자야 하기 때문에 자명종 시계를 맞춘다. 나는 계속 소설을 쓴다. 나는 바빌론 가와 라스파이 대로 모퉁이의 카페 겸 아이스크림 가게에서 마지막으로 아버지를 만난다. 그후 우리 사이엔 이런 편지가 오고간다. "알베르 로돌프 모디아노, 15 케 드 콩티, 파리 6구, 1966년 8월 3일.

사랑하는 파트릭, 네가 네 멋대로 행동하고 내가 내린 결정을 따르지 않을 경우, 상황은 이렇게 될 것이다. 너는 스물한 살이니 성인이다. 그러니 나는 더 이상 너를 책임지지 않아도 된다. 결국 너는 내게서 그 어떤 도움, 물질적이든 정신적이든 어떤 종류의 지원도 기대해서는 안 될 것이다. 네가 받아들이든 아니든, 내가 내린 결정은 간단하다. 가타부타 따지는 건 용납하지 않겠다. 8월 10일 이전까지 병역 연기 신청을 취소하고 오는 11월에 입대해라. 수요일 아침에 네 병역 연기 신청 해지를 위해 우리는 함께 뢰이 병영에 가기로 합의했었다. 우리는 12시 반에 만나기로 했고, 나는 1시 15분까지 널 기다렸다. 위선적이고 제대로 못 배운 사내 녀석이 상습적으로 그러듯이, 넌 미안하다는 전화 한 통도 없이 약속 장소에 나타나지 않았다. 너에게 말해줄 수 있는 것은 그것이 네가 나에게 그런 비열한 모습을 보여줄 수 있는 마지막 기회였다는 것이다. 따라서 완전히 그리고 결정적으로 내 도움을 포기하고 네 멋대로 살든지, 아니면 내 결정에 따르든지 선택해라. 결정은 너한테 달렸다. 너무나도 확실하게 말해줄 수 있는데, 네가 뭘 선택하든 네 아버지의 말이 옳다는 걸 살아가면서 아주 여러 번 깨닫게 될 게다. 알베르 모디아노. 추신: 내가 특별히 가족 친지들을 불러 사실을 알려주었고, 오신 분들 모두 내가 옳다고 했다는 말을 덧붙인다." 하지만 대체 어떤 가족 친지들인가? 혹시 「상리스의 랑데부」[22]에서처럼 하룻밤 돈을 내고 빌린 가족 말인가?

"1966년 8월 4일 파리. 친애하는 분께. 아시겠지만, 지난 세기에는 '모병관' 들이 사람들에게 잔뜩 술을 먹여놓고 입대 동의서에 사인을 하게 했습니다. 당신이 그토록 서둘러 뢰이 병영으로 날 끌고 가려는 모습이 그때를 생각나게 하더군요. 군 복무야말로 당신이 날 떨쳐버릴 수 있는 가장 좋은 기회가 되겠지요. 당신이 지난주 내게 약속했던 '정신적 도움' 은 하사관들이 담당할 테고요. 그리고 '물질적 도움' 으로 말하자면, 군대에서 날 먹여주고 재워줄 텐데 쓸데없을 것이고 말이죠. 간단히 말해, 전 제 좋을 대로, 그리고 당신의 결정을 거스르기로 작정했습니다. 그러니 내 처지는 다음과 같이 될 것입니다. 나는 스물한 살이고, 성인입니다. 당신은 더 이상 날 책임지지 않아도 됩니다. 따라서 나는 당신으로부터 어떠한 도움도, 물질적이거나 정신적인 그 어떤 종류의 지원도 기대할 필요가 없습

22. *Rendez-vous de Senlis*, 장 아누이의 희곡.

니다."

지금 보면, 그 편지는 내가 써서 보내놓고도 후회가 되는 편지이다. 하지만 당시 내게 어떤 방도가 있었겠는가? 나는 아버지에게 아무런 앙심도 품지 않았고, 품어보려고 한 적도 없었다. 그저 내가 동부 지대의 병영에 갇혀버릴까 두려웠을 뿐이었다. 만일 아버지가 날 십 년만 늦게 알았다면—미레유 우루소프가 말하는 것처럼—우리 사이엔 전혀 아무 문제가 없었을 것이다. 아버지는 내가 해주는 문학 이야기를 들으며 기뻐할 것이고, 나는 아버지에게 아버지가 기획하는 대규모 자본의 프로젝트들과 아버지의 알 수 없는 과거를 물어봤을 것이다. 그렇게 다른 삶에서, 우리는 그 어느 누구에게도 우리의 만남을 절대 숨기는 법 없이 서로 팔짱을 끼고 걸어갔을 것이다.

"알베르 로돌프 모디아노, 15 케 드 콩티, 파리 6구, 1966년 8월 9일. '아버지께'가 아니라 분명 나라고 인정해야 할 '친애하는 분께' 네가 8월 4일 보낸 편지를 받았다. 네 잘못된 믿음과 위선은 끝이 없구나. 꼭 보르도 사건을 다시 보는 것 같았다. 오는 11월 네가 입대해야 한다는 내 결정은 경솔한 게 아니었다. 내 판단으로는 분위기도 바꿔야 하고 무질서한 네 생활에 기강도 잡아야 한다. 네가 빈정대는 건 비열한 것이다. 네 결정을 법적으로 인정한다. 알베르 모디아노." 그리고 나는 아버지를 다시는 보지 못했다.

파리의 가을. 나는 저녁이면 켈레만 대로의 커다란 집단 거주지에 있는 방 한 칸에서, 그리고 아미랄무쉐 가 끝에 있는 카페에서 계속 소설을 쓴다.

어느 날 밤, 나는 센 강 건너편 조르주와 키키 다라간의 집에 다른 사람들과 함께 있다. 거기 왜 갔는지는 지금도 궁금하다. 그녀의 집은 내가 열네 살 반이었을 때 학교에서 도망쳐 숨었던 곳이다…… 당시 그녀는 브뤼셀에 살고 있었는데, 어머니는 케 드 콩티의 아파트에서 그녀를 받아주곤 했다. 그때부터 생제르맹데프레의 공상과학 소설가 몇 명과 '파니크'[23] 그룹의 몇몇 예술가들이 그녀 주위로 몰려든다. 분명 그녀의 환심을 사려고 함에 틀림없다. 그녀는 자기 남편이자 브뤼셀의 사업가인 조르주 다라간이 온화한 시선으로 지켜보는 가운데 호의를 베푼다. 조르주 다라간은 플로르 카페의 단골로 아홉시부터 자정까지 의자 하나를 차지하고 꼼짝달싹하지 않는데, 아마도 벨기에에서 잃어버린 그 모든 세월을 되씹는 모양이다…… 키키

23. 1962년 아라벨을 중심으로 모인 예술가 집단.

와 함께 우리는 과거를 이야기하고, 이미 오래전이 되어버린 나의 어린 시절을 이야기한다. 그녀 말로는 그 시절 아버지가 저녁이면 날 데리고 '조개의 왕 샤를로'에 가곤 했다는 것이다…… 그녀는 우리 아버지를 회상할 때면 감동한다. 가짜 밀렌 드몽조를 만나기 전까지는 아버지가 매력적인 남자였다고 한다. 아버지가 1950년 파리에서 브라자빌까지 비행기를 타고 가다 알게 된 스튜어디스 나탈리는 나중에 내게 말하길, 궁핍하던 그 시절 아버지가 자신을 데리고 저녁식사를 하러 간 곳은 조개의 왕 샤를로가 아니라 로제 라 프리트였다고 한다…… 드 카이야베 부부의 거실에서 나는 수줍어하며 조르주 다라간과 키키에게 내 원고를 읽어봐달라고 부탁한다. 마치 내가 그들의 집에 있기라도 한 것처럼.

60년대에 내가 우연히 만났지만 다시 만날 기회는 두 번 다시 없었던 그 모든 사람들, 그들은 시간에서 벗어난 평행한 어느 세계에서 예전과 똑같은 모습으로 살아가고 있을지 모른다. 방금 전에도 나는 햇빛 아래 인적 없는 거리를 따라 걸으며 그 생각을 하고 있었다. 아폴리네르가 자신의 시에 썼던 것처럼 너는 파리에서 예심판사 앞에 있는 것이다. 그리고 그 판사는 내게 사진, 기록, 증거물을 보여준다. 하지만 그건 결코 나의 삶이 아니었다.

1967년 봄. 시테 위니베르시테르의 잔디밭. 몽수리 공원. 정오가 되면 스넥마[24]에 다니는 노동자들이 건물 아래에 있는 카페를 자주 찾곤 했다. 푀플리에 광장, 6월의 오후, 나는 내 원고를 출판사에서 받아들였다는 사실을 알게 되었다. 스넥마 건물은 밤이 되면 마치 켈레만 대로에 좌초한 여객선 같았다.

6월 어느 날 저녁, 당쿠르 광장에 있는 아틀리에 극장. 오디베르티[25]의 묘한 연극 〈가죽 심장〉. 로제는 아틀리에 극장에서 무대감독으로 일하고 있었다. 로제와 샹탈의 결혼식 날 저녁, 나는 가로등 불빛이 흔들리는 바로 그 당쿠르 광장에서 이름이 도저히 기억나지 않는 누군가의 작은 아파트에서 그들과 함께 저녁식사를 했다. 그런 다음 그들은 차를 타고 멀리 떨어진 교외로 갔다.

그날 저녁, 나는 생전 처음 가뿐한 느낌이었다. 그 세월 동안 나를 짓누르고 나로 하여금 끊임없이 경계를 하지 않을 수 없게 만들었던 위협이 파리의 허공으로 흩어져버렸

---

24. 사프란 그룹의 계열사로 주로 항공기나 우주선 엔진 제작을 하는 회사.
25. 프랑스의 시인, 극작가, 소설가로 상징주의와 초현실주의의 영향을 받았다.

다. 나는 벌레 먹은 부교가 무너져 내리기 전에 넓은 바다로 나갔던 것이다. 이제 때가 되었다.

옮긴이의 말

파트릭 모디아노의 글은 쉽지 않다. 쉽지 않은 것은 문체적 특성에 기인한 것이기도 하지만, 기승전결로 구별할 수 있는 일반적인 서사의 형식 부재와 그의 작품들 거의 대부분이 명확하게 규정될 수 없는 '무엇' 인가를 찾아나서는 화자의 모색 혹은 추적 과정을 이야기하면서 뚜렷하게 어떤 갈등이나 문제의 해결로 이야기가 귀착되지 않기 때문이다.

『혈통』 역시 마찬가지다. 작가가 무엇을 의도하였는지 처음에는 종잡기 어려울 정도로 인명, 지명 등이 무수히 나온다. 서로 다른 시간대의 사람들, 다른 공간에서 마주친 사람들, 그 시간과 공간 속에서 변하는 사람들, 요컨대 모디아노 자신을 축으로 자신이 살아온 삶의 길목에서 마주친 모든 존재들, 모든 사건들이 감상을 배제한 하나의 기록물, 조서처럼 제시된다.

나는 다큐멘터리 식으로 그리고 아마도 더 이상 나의 것이 아닌 삶을 끝내기 위해 마치 조서 혹은 이력서를 작성하듯이 페이지들을 써나간다. 이것은 사건과 행위의 단순한 필름에 지나지 않는다. 나는 고백할 것도, 해명할 것도 전혀 없으며, 내관(內觀)과 자기성찰에 대한 취향도 없다.

'자서전' 이라는 이름을 붙이기가 애매할 정도로 자신의 삶에 거리를 둔 이러한 글쓰기는 스스로에 대한 냉정한 객관적 시각을 통해 삶의 본질과 의미가 무엇인지 끈질기게 되묻는 그의 탐색의 자연스런 귀결일까?

사실 삶이란 어떠한 것인지, 삶—진정한 삶—을 구성하는 요소들은 무엇이며 그 의미는 무엇인지, 우리는 아는 척하지만 그에 대해 고통스런 질문을 던지지는 않는다. 현재의 인식이란 항상적인 연속성을 지닌 척, 마땅히, 당연히 그러한 것이라 스스로를 속이고, 우리는 기꺼이 그 속임수를 받아들이기 때문이다.

그러나 과거를 돌이켜 본다면, '지금', '이곳', '나' 그리고 '나'의 연속성, 동일성에 대한 인식이 유사(流砂) 위에처럼 얼마나 빈약한 기반 위에 서 있는지 알 수 있다.

그리고 사소한 사건들이 이어지고 당신에게 많은 흔적을 남기지 않고 스쳐 지나간다. 당신은 아직도 당신의 진정한 삶을 살 수 없으며, 아무도 모르게 스쳐 지나가는 나그네라는 느낌을 받는다. 그 기만의 삶으로부터 몇몇 단편적인 조각들이 내게 되살아온다.

모디아노가 바라보는 자신의 삶에 대한 이야기는 현재의 자신이 할 수 있는 유일한 방법, 즉 과거의 단편적인 조각들을—그것은 자신의 토막난 기억들, 자신이 간직한 몇 개의 서류, 어머니를 포함해 다른 이들로부터 들었던 이야기들—그러모아 마치 퍼즐을 풀듯 하나의 그림을 맞추는 것이다. 여러 가명을 사용한 데다 자신의 이야기를 거의 하지 않아 속내를 알 수 없고 화자와 반목하게 되는 아버지, 기르던 개가 창밖으로 자살을 할 정도로 무심하고 오로지 자신밖에 모르는 어머니, 그들에게서 태어난 그는 오로지 그 자신에게 버려진, 혹은 홀로 남겨진 삶을 살아간다. 그리고 아버지와 관련된 사람들, 어머니와 관련된 사람들, 무수한 사람들의 관계망과 숱한 장소들 속에서 그는 그 자신의 정체성을 밝혀줄 것을 찾아나선 것이다.

> 나는 혈통 있는 척하는 한 마리의 개다. 내 어머니와 아버지는 어떤 뚜렷한 계층에 속하지 않는다. 너무나 파란만장하고 불확실해서 마치 반쯤 지워진 글자들로 신분증명서나 행정서식을 채우려 애쓰는 것처럼, 나는 이 흐르는 모래 속에서 몇 가지 흔적이나 몇 가지 표지를 찾으려 노력해야 한다.

과거를 되살리고 그 기억 속에서 삶의 총체성을 찾아보려고 하는 점에서는 일견 마르셀 프루스트의 『잃어버린 시간을 찾아서』를 떠올리게 하는 면이 있다. 그러나 모디아노의 과거에 대한 기억은 마르셀 프루스트의 『잃어버린 시간을 찾아서』에 나오는 과거의 되살아남과 비슷하면서도 다르다. 프루스트에게 기억은 감각을 통해 과거를 현재 속에 온전히 되살리고 시간 속에서의 삶의 진실을 밝혀주는 기능을 하지만, 모디아노에게 기억이란 온전치 못한 과거의 단편들, 혹은 그 의미가 불분명한 장소나 이름을 순간적으로 떠올림으로써 삶에 대한 의문을 제기하는 기능을 하기 때문이다. 과연 과거의 '나'는 현재의 '나'와 연결이 되는가? 아버지와의 불편한 관계, 어머니와의 섭섭한 관계, 알 수 없는 아버지의 동료와 어머니의 동료들, '나'와 마주친 수많은 사람들, 그리고 그러한 만남의 장소들, '내'가 읽은 수많은 책들, 그것이 현재 '나'의 삶과 어떤 연관성이 있는가?

하지만 왜 어느 순간 다른 사람들이 아닌 어떤 사람들과, 다른 장소가 아닌 어떤 장소에 있게 되는지 잘 알지 못해도, 또 그 영화가 오리지널인지 아니면 더빙한 것인지 잘 알지 못해도 삶은 계속되었다. 오늘날 내 기억에는 짤막한 시퀀스들만 남아 있다.

자신이 본 영화에 대해 짤막한 시퀀스들만 남았듯, 자신의 유년시절과 청소년 시절의 삶에서도 남은 것은 짤막한 시퀀스들뿐이다. 단속(斷續)적인 장면들에서 현재의 자신으로까지 이어오는 동일성 혹은 정체성을 찾고 그 의미를 알아내려는 집요한 추구의 결과, 그것이 바로 『혈통』이라 할 수 있을 것이다.

그런 점에서 본다면, 『혈통』은 모디아노의 퍼즐 혹은 크로스워드같이 복잡한 작품 세계를 이해하는 데 결정적인 힌트를 준다고 하겠다. 왜냐하면 이 책에서 모디아노의 다른 작품들을 읽어내는 실마리를 찾아볼 수 있기 때문이다. 이를테면 『한밤의 사고』에서 볼 수 있었던, 어린 시절 차에 치여 죽은 개라거나, 교통사고로 경찰차에 실려 경찰서로 가는 에피소드, 에테르에 의한 마취와 각성 등등 수많은 사건들이 모티프처럼 반복되어 나온다. 여러 작품들 속에 비슷하게, 혹은 약간 변형되어 나오는 동일한 사건의 다른 전개와 양상은 삶이란 다면체 혹은 무정형의 것이며, 그 의미들은 그 다면체 혹은 무정형의 것에서 반사되어 나오는 종잡을 수 없는 다양한 빛임을 보여주는 것이 아닐까 싶다.

집요함, 냉정함, 솔직함, 스스로에게 두는 거리만큼 진실다움을 획득하는 그의 글은 독자들에게 작가가 스스로에게 부과한 것과 똑같은 고통을 요구할 것이되, 마찬가지로 삶의 진실 추구로 가는 똑같은 길 위에 설 수 있는 계기를 마련해줄지도 모른다.

파트릭 모디아노의 작품

*는 국내 출간작

『에투알 광장』(*La Place de l'étoile*, 1968, 로제 니미에 상, 페네옹 상 수상작)

『야간순찰대』(*La Ronde de nuit*, 1969)

『외곽 순환도로』(*Les Boulevards de ceinture*, 1972, 아카데미 프랑세즈 소설대상 수상작)

『슬픈 빌라』*(*Villa triste*, 1975, 리브레리상 수상작)

『가족 수첩』(*Livret de famille*, 1977)

『어두운 상점들의 거리』*(*Rue des boutiques obscures*, 1978, 공쿠르상 수상작)

『청춘』(*Une jeunesse*, 1981)

『기억의 골목』(*Memory Lane*, 1981)

『그토록 용감한 소년들』(*De si braves garçons*, 1982)

『잃어버린 거리』(*Quartier perdu*, 1984)

『8월의 일요일들』*(*Dimanches d'août*, 1986)

『발레소녀 카트린』*(*Catherine Certitude*, 1988)

『고통의 유예』(*Remise de Peine*, 1988)

『어린 시절의 사물함』(*Vestiaire de l'enfance*, 1989)
『신혼여행』(*Voyage de noces*, 1990)
『폐허의 꽃』(*Fleurs de ruine*, 1991)
『서커스가 지나간다』(*Un cirque passe*, 1992)
『봄날의 개』(*Chien de printemps*, 1993)
『아득한 기억의 저편』(*Du plus loin de l'oubli*, 1996)
『도라 브루더』*(*Dora Bruder*, 1997)
『신원 미상 여자』*(*Des inconnues*, 1999)
『작은 보석』*(*La Petite Bijou*, 2001)
『한밤의 사고』*(*Accident nocturne*, 2003)
『혈통』*(*Un pedigree*, 2005)
『잃어버린 젊음의 카페에서』(*Dans le café de la jeunesse perdue*, 2007)
『지평선』(*L'horizon*, 2010)
『밤의 풀』(*L'Herbe des nuits*, 2012)
『당신이 그 구역에서 길을 잃지 않기 위하여』(*Pour que tu ne te perdes pas dans le quartier*, 2014)

지은이 **파트릭 모디아노**
현대 프랑스 문학의 거장. 1945년 프랑스 불로뉴 비양쿠르에서 태어났다. 열여덟 살 때부터 소설을 쓰기 시작해서 1968년 첫 소설 『에투알 광장』으로 로제 니미에 상, 페네옹상을 받으며 화려하게 데뷔했으며, 이후 발표하는 작품마다 언론과 평단과 독자들의 격찬을 받았다. 『외곽 순환도로』(1972)로 아카데미 프랑세즈 소설대상을 수상했으며, 『슬픈 빌라』(1975)로 리브레리상을, 『어두운 상점들의 거리』(1978)로 공쿠르상을 수상했다. 이외에도 『잃어버린 거리』(1984) 『도라 브루더』(1997) 『신원 미상 여자』(1999) 『작은 보석』(2001) 『한밤의 사고』(2003) 등의 작품이 있다. 2014년 노벨문학상을 수상했다.

옮긴이 **김윤진**
서울대학교 사범대학 불어교육과를 졸업하고 같은 대학에서 번역학으로 박사학위를 받았다. 서울대와 이화여대 통번역대학원 강사를 지냈고, 현재 한국문학번역원에 재직하고 있다. 저서로 『불문학 텍스트의 한국어 번역 연구』가 있으며, 옮긴 책으로 『왜 날 사랑하지 않아?』 『한밤의 사고』 『플랫폼』 『감정교육』 『조서』 『파스칼』 『별』 『유클리드의 막대』 등이 있다.

문학동네 세계문학
혈통

1판 1쇄 2008년 7월 21일 | 1판 3쇄 2014년 10월 24일

지은이 파트릭 모디아노 | 옮긴이 김윤진 | 펴낸이 강병선
책임편집 조현나 허주미 | 디자인 김리영 이원경 | 저작권 한문숙 박혜연 김지영
마케팅 정민호 이미진 김은지 양서연 | 온라인 마케팅 김희숙 김상만 한수진 이천희
제작 강신은 김동욱 임현식 | 제작처 상지사 P&B

펴낸곳 (주)문학동네
출판등록 1993년 10월 22일 제406-2003-000045호
주소 413-120 경기도 파주시 회동길 210
전자우편 editor@munhak.com | 대표전화 031) 955-8888 | 팩스 031) 955-8855
문의전화 031) 955-1927(마케팅) 031) 955-8857(편집)
문학동네카페 http://cafe.naver.com/mhdn

ISBN 978-89-546-0612-7 03860

www.munhak.com

파트릭 모디아노

Patrick Modiano

현존하는 프랑스 작가 중 탁월한 문학성을 인정받고 있는 현대문학의 거장. 현대인의 의식세계와 정체성의 문제를 특유의 몽환적이고 신비로운 언어로 탐색해왔다. 소설가로 글을 쓰기 시작하면서부터 두 해에 한 번씩 꾸준히 작품을 발표해 여전히 많은 독자들의 기대를 한몸에 받고 있는 '젊은' 작가이다. 2014년 노벨문학상을 수상했다.

어두운 상점들의 거리 **김화영 옮김**

공쿠르상 수상에 빛나는 모디아노 최고의 걸작. 프루스트가 말한 존재의 근원으로서의 '잃어버린 시간'을 슬픔이 가득 담긴 신비와 몽상의 언어로 탐색한다. '인간존재의 소멸된 자아 찾기'라는 보편적 주제의식을 명징하게 보여주는 소설.

도라 브루더 **김운비 옮김**

어느 날 우연히 옛날 신문의 한 귀퉁이에서 열다섯 살 소녀의 실종기사를 발견한 주인공이 역사의 어둠 속으로 사라져버린 소녀의 행방을 찾아나선다. 천년이 지나도 되살아날 과거의 추억이 빛나는 감동적인 소설.